FOLIO

Didier Daeninckx

Le bourreau et son double

Gallimard

Pour Bernard et Claude

Nous vivons le temps des hommes doubles.

Didier Daeninckx est né en 1949 à Saint-Denis. De 1966 à 1975, il travaille comme imprimeur, animateur culturel, puis journaliste dans plusieurs publications. Depuis, il a écrit une vingtaine d'ouvrages – dont *Métropolice, Zapping* ou *Mort au premier tour* qui sont tous des chefs-d'œuvre.

Chapitre premier

« UN HOMME SE NOIE DANS L'ESPOIR
D'ÊTRE RÉINCARNÉ EN POISSON. »

« Le corps d'un homme âgé d'environ
soixante ans a été retrouvé hier dans la Seine,
au pont de Bezons (Val-d'Oise). Edmond
Lebrun, dont l'adresse nous est actuellement
inconnue, portait sur lui une longue lettre qu'il
avait pris soin de protéger par un plastique et
dans laquelle il proclame sa foi en la réincarna-
tion et son souhait de revivre, dans l'eau, sous
la forme d'un poisson.

Le corps paraît avoir séjourné une vingtaine
d'heures dans le fleuve. Bien que le suicide ne
fasse aucun doute pour les enquêteurs, une
autopsie a été ordonnée. »

L'inspecteur Cadin laissa retomber son bras le long
du lit, dans un bruit de papier froissé. Il ferma les
yeux sur une image d'homme-sirène. Il eut la sensation que son corps changeait de pesanteur, s'écrasait

7

dans les profondeurs du matelas, sans qu'il ait à produire le moindre effort. Un alourdissement des membres, à la limite de la douleur. Ses paupières se soulevèrent, lentement, l'ampoule nue dans le cadre avec sa section de fil torsadé. Il se força à se lever pour combattre l'engourdissement, posa les pieds sur le parquet et, tout en se redressant s'essuya les joues, mouillées par un bâillement.

Il pouvait passer des journées entières entre ces quatre murs anonymes à rejouer sa vie dans sa tête… Il ne faisait même que ça depuis qu'il était arrivé à Courvilliers, une semaine plus tôt. Une semaine à reconstituer le puzzle de l'échec, à faire monter l'angoisse qui, aujourd'hui l'obligeait à affronter les autres.

Le journal en tombant s'était plié, imitant une pyramide grossière et provisoire. Le titre de l'article grimpait en diagonale jusqu'à l'arête vive qui l'interrompait : « Un homme se noie dans l'espoir… »

Cadin se dirigea vers la salle de bains. Il fit une pause, l'épaule appuyée au chambranle de la porte avant de plonger la tête sous le filet d'eau froide. Il tira une serviette d'un carton éventré. L'odeur de la litière imprégnait le tissu. Il avait pourtant pris soin, à la première apparition du chat, de placer la bassine dans les toilettes mais il lui arrivait de refermer la porte, par habitude.

Tout son linge était empilé en boîtes, avec des inscriptions au marqueur feutre sur le côté, comme la vaisselle et les bouquins, pour se repérer. Il attendait le week-end pour monter l'armoire et la commode…

Ça durait depuis le printemps. Quatre mois de garde-meubles, quatre mois qu'on le baladait dans tous les services de la préfecture depuis cette histoire, à Hazebrouck… Tout ça pour finir au commissariat de Courvilliers, celui-là même qu'ils avaient en tête dès le départ !

Le chat, impossible de s'en débarrasser : il appartenait au locataire précédent, un flic martiniquais muté au pays. Dans l'immeuble personne n'en voulait : ils avaient déjà tous fait le plein de bêtes.

Les poils, Cadin s'en accommodait, l'odeur non. Il lui semblait qu'elle s'immisçait dans les moindres plis de ses vêtements. Jusqu'à la salive, dans sa bouche, qui prenait ce goût fade… Il ne connaissait pas son nom antérieur et ne s'était jamais posé la question de savoir comment on surnommait les chats, aux Antilles.

Il l'avait baptisé un soir, en mangeant du crabe. La boîte était au milieu de la table, le couvercle soulevé avec son étiquette orange. Le chat avait réagi au ronronnement de l'ouvre-boîte électrique. Il n'avait cessé, le temps du repas, de se frotter au pantalon de l'inspecteur, quêtant sa part. Cadin s'était décidé à lui tendre la conserve vide pour qu'il lape le jus. Il avait observé l'animal qui glissait sa tête entre les dentelures de fer. Son regard s'était arrêté sur la bande circulaire colorée : « CRABE CHATKA, PRODUIT D'IMPORTATION ».

À moitié CHAT, à moitié CAT…

— Chatka, ça te va ?

Mettre un nom sur les choses, pour ne plus revenir en arrière.

L'appartement était situé dans le dernier bâtiment d'une petite cité construite par l'OCIL, le 1 % des employeurs, habitée principalement par des fonctionnaires des douanes et de la police. Quelques employés municipaux complétaient les étages. Les immeubles dataient de quinze ans, de la mise en service de l'aéroport. Il n'y avait pas grand-chose d'autre, sur la plaine, à l'époque. L'implantation des usines Hotch avait bousculé le paysage : les longs ateliers gris barraient l'horizon. Les maigres boqueteaux de peupliers qui longeaient le cours du Sausset avaient dû laisser la place aux bretelles d'autoroutes qui se chargeaient d'ouvriers, flux et reflux, au rythme des trois équipes.

Plus de cinq mille personnes étaient employées derrière les grillages, dans des conditions difficiles dont les murs alentour se faisaient l'écho. Toutes les communes, dans un rayon de cinq kilomètres, s'étaient mises à enfler ; on montait du béton à tour de bras, des foyers, des studios, des deux-pièces maxi pour loger les armées de célibataires qu'on attelait aux chaînes.

Des Portugais d'abord, mais après la Révolution des Œillets, Hotch s'était rabattu sur les Marocains puis les Turcs, les Pakistanais… Tous les six mois, le temps d'un contrat, une nouvelle nationalité s'exilait à Courvilliers. La palette infinie de la misère et de l'oppression. Les Cambodgiens et les Vietnamiens venaient de faire leur apparition et on se demandait déjà qui leur succéderait.

Les cadences de l'usine s'imposaient à la ville tout entière. L'activité du commissariat suivait la mesure. Au cours de sa première semaine de travail, par dix fois Cadin avait dépêché le car de Police-

10

Secours pour assurer le transfert d'accidentés vers l'hôpital : blessés sur les chaînes de montage, accrochages dans la folie des sorties... Pas une « main courante » sans que soient tracées les cinq lettres bleu néon qui brillaient en permanence dans le ciel de Courvilliers.

On l'avait affecté à la brigade de nuit. Une brimade dont il ne s'était pas formalisé. Il croisait le commissaire, un Corse trapu du nom de Périni, chaque matin à la relève, vers huit heures et demie. Toute la nuit Cadin régnait en maître sur les trois flics qui composaient l'équipe. Il disposait de deux véhicules pour faire tourner la maison : le car de PS et une R 12 fatiguée qu'on pouvait suivre à l'odeur tellement elle crachait d'huile.

L'inspecteur avait immédiatement sympathisé avec le plus jeune des trois, Léonard. Pas seulement parce qu'il était le seul à venir au boulot en civil. Une impression générale, un gars sportif, dynamique, la repartie facile. Assez proche des costauds au grand cœur et n'ayant peur de rien qui peuplent les polars de série « B » made in USA.

Aisance et décontraction. Rien de commun avec le modèle habituel des commissariats, de Dunkerque à Sète, depuis que Tamanra s'est fait la paire : le quinquagénaire ventru, essoufflé, borné, champion toutes catégories du vidage de canettes. Léonard, avec ses trente ans musclés, son jogging et ses baskets, correspondait davantage à l'idéal répressif de Cadin. Père algérien, mère française, il parlait couramment l'arabe et se tenait informé au jour le jour des petits réseaux de fourgue en tous genres, autoradios, came, pièces détachées, cartes bleues, qui vivotaient dans les cités.

11

Cadin s'habilla rapidement avant de verser quelques croquettes dans la soucoupe du chat et sortit. Il avait juste le temps d'avaler un sandwich au comptoir du « Chien qui fume », un tabac où s'installaient ses habitudes. Une dizaine de mômes se pressaient autour des flippers attendant d'être au complet pour partir en boîte par le RER. Il ingurgita son quart de baguette sans quitter des yeux les courbes tendues de cuir d'une fille dont les moindres mouvements accrochaient la lumière du bar. Le commissariat se trouvait à moins d'un kilomètre, au Vieux Pays, une ancienne maison bourgeoise carrée, massive, élevée sur deux étages, qui avait appartenu à la famille Gouvion-Saint-Cyr.

Cadin remonta la rue Gambetta, l'artère commerçante de Courvilliers, alors que les derniers rayons de soleil coloraient les façades d'un camaïeu d'orange. Derrière lui les toits de l'usine, en dents de scie, découpaient l'horizon.

Le gardien de faction marqua un temps d'hésitation en le voyant franchir la grille. Il fit un pas hors de sa guérite. Cadin ne lui laissa pas le temps de réagir et grimpa les marches du perron le bras soulevé pour le salut d'habitude au drapeau. Une agréable sensation de fraîcheur limitée à l'auréole de sueur de l'aisselle droite le fit frissonner.

Certaines pièces gardaient encore la nostalgie de leur fonction initiale : la salle de transmissions s'ornait d'une cheminée surmontée d'un linteau de chêne, mais l'âtre accueillait un classeur bancal. Des notes de service punaisées ou scotchées constellaient les boiseries qui accompagnaient l'escalier. Cadin s'y engagea. Le commissaire Périni lui avait attribué un bureau au premier étage, une sorte de grand placard, trois sur trois, avec une demi-fenêtre, l'autre moitié équipant le bureau contigu. La cloison de séparation rajoutée dans la phase de morcellement des surfaces butait sur la poignée de la crémone. Cadin avait hérité du bureau meublé et décoré : une table sans tiroirs, deux chaises tubes chromés assise en plastique gris, un classeur métallique marron ainsi qu'une douzaine de doubles pages couleurs, les meilleures équipes de foot de la saison, dégrafées du cœur des magazines. Cela ne lui allait pas, mais il avait tout laissé en place. Aucun rituel de prise de possession des lieux ! Il évitait de lever les yeux sur les alignements de mollets. Il se souvenait, Léonard s'était proposé pour enlever les posters.

— Non, laissez… Ça me donne l'impression d'être là depuis plus longtemps…

Léonard s'était contenté de hausser les épaules. Peut-être voulait-il les récupérer ? L'idée lui en venait seulement maintenant…

La paperasse commençait à s'accumuler sur le côté droit de la table, près du téléphone. Des formulaires qui marquaient le début de son parcours à Courvilliers, et qu'il lui faudrait compiler en fin d'année pour nourrir les statistiques locales, départementales, nationales…

« *Vols avec effraction :* 82 faits constatés, 3 personnes arrêtées en flagrant délit, 2 personnes déférées.
Outrages publics à la pudeur : 38 faits constatés, 8 personnes déférées. »

Aucun nom, aucune histoire, chaque affaire valant son égale et infime fraction de pourcentage.

Cadin laissait la porte du bureau ouverte en permanence pour se donner une illusion d'espace. Mimosa se tenait sur le seuil, embarrassé de ne pouvoir s'annoncer en frappant. Il se racla la gorge pour attirer l'attention.

— Inspecteur, il faudrait que vous descendiez. Que vous descendiez…

— Pourquoi ? Qu'est-ce qu'il se passe ?

Mimosa s'avança au milieu de la pièce et le sentiment de claustrophobie contre lequel Cadin luttait inconsciemment dès qu'il s'installait à son poste, s'amplifia. Mimosa, un surnom assumé qui lui venait de son teint violacé, ressemblait à s'y méprendre au sergent Garcia et partageait avec son sosie de la série « Zorro » une passion immodérée pour les boissons alcoolisées. Cadin ne l'avait pas encore vu à jeun. Léonard lui avait confié qu'en cinq ans, il ne se rappelait pas l'avoir vu saoul. Une sorte d'hébétude constante lui tenait lieu de réalité.

— On vous demande. C'est la police municipale. La police municipale…

— Qu'est-ce qu'ils veulent ?

Mimosa écarta les bras de son corps, tendant l'uniforme.

— Ils ne m'ont rien dit. Rien dit…

L'inspecteur se leva et contourna l'agent à la limite de son onde de chaleur. Il retint sa respiration pour éviter l'odeur aigre de transpiration qu'il avait dû subir la veille, coincé près du géant sur la banquette arrière de la R 12.

Il passa devant le bureau que Léonard partageait

14

avec Mernadez. Trois flics d'opérette l'attendaient dans la grande salle du bas : casquettes plates à l'américaine, rangers, fausses guêtres, pantalon de combat et blouson. Cadin remarqua les Manurhin calibre 357 qui pendaient aux ceinturons, alors qu'eux devaient continuer à bricoler leurs vieux Rr 51. La panoplie comprenait encore une paire de menottes ainsi qu'une courte matraque caoutchoutée.

— Vous êtes l'inspecteur Cadin ?

L'un des hommes s'était avancé. Une écusson métallique aux armes de Courvilliers plaqué sur la poche supérieure de son blouson le distinguait des autres. Deux épis de blé torsadés, un soc de charrue, trois clous d'argent sur fond d'azur… L'inspecteur concéda un « oui » et serra rapidement la main qui s'offrait.

— Je tenais à vous voir… Je représente la police municipale de Courvilliers et nous serons sûrement appelés à travailler ensemble… On fait un peu le même boulot, alors je pense qu'il vaut mieux se connaître et agir main dans la main…

Il s'arrêta et attendit que Cadin prenne la relève mais l'inspecteur resta muet. Cadin n'avait aucune expérience concrète de la cohabitation avec ces flics de seconde zone recrutés à la va-vite, mais la liste des bavures accumulées en quelques mois d'existence par leurs homologues d'Aulnay, Levallois ou Nice, les lui faisait apparaître comme des sources d'ennuis. Il maintint son silence, sachant qu'il suffisait de ne pas rentrer dans le jeu des civilités pour apparaître redoutable. Le municipal perçut le malaise. Il se retourna vers ses hommes, hésitant.

— Ici dans la journée ça se passe plutôt bien, mais

il ne faut pas s'y fier… La nuit, c'est limite… À quatre vous risquez souvent d'être justes, et dans ce cas on peut vous êtres utiles…

Cadin hocha la tête.

— Oui, il faut le voir comme ça. Je ne manquerai pas de vous faire signe, à l'occasion.

Le flic à l'insigne comprit qu'il ne servirait à rien d'insister. Il salua et quitta le commissariat suivi de ses deux collègues. Un quatrième municipal les attendait au volant d'une CX grise. Léonard se tenait dans l'encadrement de la porte. Il accrocha Cadin au passage.

— Vous n'avez pas l'air de les apprécier, inspecteur.

— Pas trop… Je vais vous confier un secret : si on me proposait de les échanger tous les quatre, leur bagnole et leur attirail contre un homme supplémentaire, ici, je n'hésiterais pas une seconde… Ils se tiennent tranquilles, au moins ?

— On les a sur le dos depuis un maximum de six mois… Leur principal boulot c'est d'accompagner les vieux qui vont toucher leur retraite à la poste. À part ça ils sont plutôt discrets.

Cadin baissa la voix.

— Je ne pense pas que les vieux fassent la queue au guichet en pleine nuit… Qu'est-ce qu'ils foutent en ce moment et jusqu'au matin, pour passer le temps ? Ils tricotent ? Ils tapent le carton ?

Mimosa écoutait, appuyé contre le mur, en retrait.

— Non, on les croise… Ils patrouillent dans les cités. Dans les cités… Et aussi autour de l'usine. De l'usine…

L'inspecteur se dirigea vers son bureau. Il se retourna avant de franchir la porte.

16

— Et leur chef, il s'appelle comment ? Il est parti tellement vite qu'il a oublié de se présenter !

— Robert Garnier, mais pour tout le monde c'est Bob, inspecteur. C'est Bob, inspecteur…

Léonard vint le voir, peu après minuit, avec des allures de comploteur.

— Vous auriez tort de vous braquer contre les municipaux… on a tout à gagner en les mettant dans notre poche. Ils peuvent nous rendre service…

— J'en suis persuadé et je compte bien les utiliser. Pas le contraire. Si je les laisse s'installer ici comme chez eux, c'est fini. Ils vont se prendre pour des caïds, chercher à réussir des coups. Du flagrant délit… Au besoin ils en fabriqueront pour nous prouver, à nous et au maire, qu'ils sont à la hauteur ; qu'ils valent de vrais flics. Tu sais ça, Léonard…

Le flic esquissa un sourire. Cadin le regarda sans comprendre.

— Qu'est-ce que j'ai dit de drôle ?

— « Tu sais ça, Léonard »…

Il avait répété la phrase en imitant les intonations de l'inspecteur puis :

— … ce serait une bonne idée de se tutoyer, non ?

— Oui, je crois. Tu ne penses pas que j'ai raison vis-à-vis des clowns de la mairie ?

— À moitié… Bob est tout le contraire d'un clown, c'est un ancien para-commando. Il a passé trois ans au Tchad, dans les coins les plus pourris. Tu as remarqué le foulard qu'il porte autour du cou ?

Cadin baissa les paupières en signe d'assentiment.

— Oui, il faudrait être aveugle… C'est un souvenir d'une fille de là-bas ?

17

— Plutôt d'un gars : un maquisard de Goukouni a essayé de lui couper la gorge, une nuit...

Léonard appuya son index droit sur sa pomme d'Adam et traça un trait imaginaire sur sa gorge.

— ... depuis il paraît qu'il ne dort plus. Seulement dix minutes de temps en temps...

— Raison de plus pour prendre nos distances ! Les types de ce genre, ça ne peut vivre qu'en se croyant investi d'une mission impossible. Il doit confondre les limites communales avec les frontières du Nord et prendre les Parisiens en transit pour des Lybiens infiltrés ! C'est marrant que tu le défendes...

— Pourquoi ? Parce que je suis arabe ?

La réaction avait été immédiate et elle surprit Cadin par sa violence. Léonard s'était redressé, le visage fermé, le regard agressif.

— Excuse-moi, ce n'est pas ce que je voulais dire... Ça n'a rien à voir... Tu es tout le contraire de ces gens-là, et pourtant tu les acceptes sans problème. Il y a de quoi s'étonner !

— Je ne suis pas en position d'accepter ou de refuser quoi que ce soit, inspecteur. Les choses se font en dehors de moi, de nous. Courvilliers a beaucoup changé ces derniers temps. Il y a un an tout le monde nous cassait du sucre sur le dos... À les écouter ce bled faisait la pige à Chicago, question criminalité. Dès que Lebroux a été élu, à la place de l'ancien maire communiste, il a mis en place l'équipe de Bob. Comme par hasard les rumeurs ont baissé de volume. Ils ont placardé des affiches « Courvilliers Sécurité » avec un numéro de téléphone relié en direct à leurs voitures de ronde, des placards de pub dans le bulletin municipal... Résultat, la population leur fait

18

risette, les commerçants jubilent et moi, c'est peut-être dur à avaler, mais je me sens plus à l'aise… Disons que je préfère passer pour un con plutôt que pour un incapable… Enfin, pas la peine de raconter de salades, tu verras par toi-même…

Il quitta le bureau lentement, en silence. Cadin demeura un moment immobile, les yeux fixés sur l'encadrement de porte vide avant de se remettre à griffonner sa paperasse. L'appel arriva à 3 h 51 précises. Mernadez prit soin de le noter sur le livre avant de monter avertir l'inspecteur.

— On vient de me signaler des coups de feu dans un des bâtiments de la cité République… le B2…

Jusque-là, la nuit avait été calme à part les deux ou trois bagarres quotidiennes et les inévitables accidents de circulation.

— Vous restez ici avec Mimosa. Je file là-bas en compagnie de Léonard. S'il y a du nouveau, vous me le balancez sur la fréquence. Vous avez les coordonnées de celui qui a téléphoné ?

— Non, il a tout de suite raccroché… Il n'avait sûrement pas envie de faire la causette à une heure pareille !

Cadin se mit au volant. La cité République longeait la voie rapide F2. La dizaine de bâtiments qui la composaient semblaient servir d'écran antibruit à un village pavillonnaire de construction récente. Le B2 désignait l'immeuble central, une masse de quinze étages qui abritait cent cinquante familles au bas mot. Les fresques orange et rouge qui s'étalaient sur les murs de béton ne parvenaient pas à conférer au mastodonte l'allure légère et engageante souhaitée par le décorateur. Les alvéoles du rez-de-chaussée, destinés primitivement a l'accueil des commerces, s'étaient transformés en autant de débarras, de surfaces vagues, comme on le dit des terrains.

L'inspecteur gara la R 12 sur l'esplanade et les deux flics franchirent les derniers mètres qui les séparaient du bâtiment. Le hall d'entrée carrelé avec son alignement de portes d'ascenseurs recréait assez fidèlement l'ambiance d'une station de métro. L'illusion devait être parfaite, vers dix-huit heures, en semaine, avec la foule des locataires arrivant de Paris, via le RER. Léonard contourna le mur qui supportait l'armada des boîtes aux lettres et enfonça son pouce sur la sonnette que surmontait une plaque : « Gardien ».

Les hurlements d'une meute de chiens lui firent écho, sans qu'il cesse d'appuyer sur le bouton, puis des ordres brefs que les bêtes dérangées dans leur sommeil ignorèrent.

— Vos gueules ! Couchés !

Les serrures de sûreté se déclenchèrent, claquement métallique et chuintement pneumatique mêlés. Un homme d'une cinquantaine d'années apparut dans l'entrebâillement. Une large moustache noire barrait son visage osseux. Il était vêtu d'un pyjama gris dont le pantalon retenu par une cordelette distendue ne laissait rien ignorer de l'anatomie de son propriétaire. Il reconnut Léonard.

— C'est toi ? Qu'est-ce que tu viens faire à une heure pareille ?

— Range ton attirail… Il paraît qu'on tire dans les étages. Tu n'as rien entendu ?

Il se passa la main dans les cheveux, se gratta la nuque.

20

— Rien, je suis complètement vanné… Les jeunes m'ont encore emmerdé jusqu'à une heure du matin avec leurs bécanes ! Je dormais comme une souche… Je passe un pantalon et j'arrive…

Sa phrase était encore en suspens quand un jeune gars, probablement caché derrière le mur soutenant les boîtes aux lettres, traversa le hall en courant. Léonard se lança à sa poursuite ; Cadin l'imita avec une fraction de seconde de retard. Le fuyard contourna la cabine téléphonique située au débouché de l'allée et coupa la rue de Paris sans même s'assurer si la voie était libre. Une CX sombre démarrait au même instant et faillit le renverser. Il prit appui sur le capot tandis que le conducteur freinait en catastrophe, et reprit sa course.

Léonard laissa passer le véhicule. Le gars en profita pour prendre quelques mètres d'avance et disparaître dans les ruelles obscures du lotissement qui jouxtait la cité République.

— On a peut-être laissé filer notre tireur…

Léonard reprit son souffle.

— À moins que ce soit un coup de téléphone bidon. Vaut mieux aller vérifier s'il y a eu du grabuge… En tout cas j'ai pu noter qu'il portait une boucle d'or à l'oreille gauche.

— Comme deux ou trois cents mecs de son âge… J'aurais préféré qu'il ait un bec de lièvre, au moins ça, c'est inamovible !

— J'appelle ça une boucle parce qu'il la portait à l'oreille, mais elle avait une forme spéciale… Une forme d'étoile.

Chapitre premier

Souk-Lémal. *Un militaire sortit du baraquement.*
Il s'arrêta quelques instants et cligna des yeux pour
s'habituer à la luminosité avant de se diriger vers le
mât planté au milieu de l'esplanade. Le poste situé en
hauteur, à flanc de colline, dominait le village de
Souk-Lémal. Au loin on apercevait la masse assom-
brie du Djurdjura et, au nord, par temps clair, la
limite incertaine de la mer et des terres. Le vent qui
amenait en longues rafales les bruits du rivage et des
maquis faisait claquer le drapeau tricolore.

Le militaire portait les marques distinctives du
grade de caporal-chef, mais sa tenue manquait de la
plus élémentaire rigueur. Sa veste kaki s'ouvrait sur
une chemise sale, trempée de sueur. Un pan de tissu
déchiré retombait sur le pantalon de treillis. Les
lacets des Pataugas traînaient sur le sol caillouteux,
fouettant les semelles de caoutchouc à chaque pas.

Le caporal s'appuya au mât. Il tourna la tête et
observa l'emblème peint en noir au-dessus de la
porte du préfabriqué. Une étoile à cinq branches sur-
montait un flambeau placé à l'intérieur d'un crois-
sant.

Il se laissa glisser le long du mât et, assis, il enfouit son visage entre ses genoux relevés.

Un Algérien revêtu de l'uniforme français s'était approché. Un vieil homme aux rides profondes, cuivrées par le grand air. Il s'accroupit auprès du Français, prenant appui sur son fusil.

— Caporal, Caporal...

L'autre releva le buste et passa une main sur son front pour essuyer la sueur. Ses doigts y laissèrent des traînées brunâtres.

— Tu as besoin de quelque chose, Caporal ?

Le militaire souffla lentement, profondément, comme s'il lui était nécessaire de réfréner une tension incroyable avant de prononcer le moindre mot.

— Une bonne douche...

Il hocha la tête en soufflant à nouveau.

— ... oui, il me faut une bonne douche ! Va me remplir deux ou trois seaux de flotte et préviens-moi quand ça sera prêt.

Le vieil harki s'éloigna vers la citerne. Il rassembla une série de bidons d'essence de vingt-cinq litres et les remplit un à un, grimpant chaque fois l'échelle posée contre la réserve d'eau. Puis il se mit en devoir de transporter les bidons pleins jusqu'à une cabane adossée au préfabriqué et qui abritait une douche de fortune.

Le caporal avait reposé sa tête entre ses genoux. Il se balançait d'avant en arrière en se tenant les jambes.

— À quoi ça lui sert... À quoi ! À rien... À rien...

Le chien du cuistot, une bestiole bancale au pelage mité vint rôder autour de lui, intrigué par son manège. Il renifla quelques secondes et fit demi-tour.

— J'te dégoûte, hein, tu te tires... T'as deviné que notre boulot, c'était pas spécialement les caresses... Saloperie !

Il prononça le dernier mot avec beaucoup de tendresse.

Chapitre deux

Cadin et Léonard réintégrèrent le bâtiment dont le hall commençait à s'emplir de locataires aux toilettes hâtives. Le gardien leur fit signe et se dégagea d'un groupe d'hommes et de femmes qui ajustaient leurs robes de chambre, serraient leurs peignoirs, se débarrassaient de leurs chassies durcies.

— Il a réussi à filer ?

— Oui, il a été plus rapide que nous ! Vous avez pu déterminer d'où venaient les coups de feu ?

— À peu près... D'après eux, ce serait au huitième ou au neuvième. On y va ?

— Sans perdre de temps... D'ici deux minutes on ne pourra plus accéder aux ascenseurs.

Le palier du huitième était désert. Le mur qui faisait face à l'ascenseur renvoyait l'image d'un port breton, une peinture murale maladroite, comme le décalque grand format d'une carte postale de mauvais goût. Léonard émit un sifflement prolongé.

— C'est nouveau, ça ?

— Assez... Il y en a presque à tous les étages... Des dessins différents à chaque fois. Ce sont les locataires qui ont choisi les motifs, les gars des HLM ont passé la barbouille… Ils ont l'air d'aimer ça… la preuve, il n'y a plus de graffitis !

Cadin se souvint d'un bombage récent qui courait sur la façade d'un immeuble en construction, pas loin de chez lui :

« Le béton est armé, pourquoi pas vous ? »
et se fit la réflexion que de pareilles trouvailles n'abîmaient pas les murs.

Ils s'apprêtaient à cogner à la porte d'un appartement quand un gamin apparut dans le couloir, venant de l'escalier.

— C'est au 97, au-dessus… Il y a eu deux coups de pétard, tout à l'heure. On habite à côté, on a tout entendu…

Léonard lui passa la main dans les cheveux.

— Merci petit. Maintenant retourne chez toi, il est l'heure de dormir…

Le gosse haussa les épaules et leur emboîta le pas. Le neuvième avait eu droit à un paysage de neige : chalet savoyard accroché à la montagne, silhouettes de chamois en équilibre sur les cimes. Les familles au grand complet formaient une haie jusqu'à la porte de l'appartement numéro 97. L'inspecteur s'en approcha et l'ouvrit sans effort ; le verrou n'avait pas été poussé. L'odeur âcre de la poudre le fit tousser. Sans même qu'il y pense, il s'était retrouvé avec son arme à la main, avançant prudemment, attentif au moindre bruit. Derrière, Léonard l'imitait, tendu. Cadin pénétra dans la salle à manger. Le corps d'un homme reposait au travers d'un tapis grec à longues mèches blanches, la tête fracassée. Une large tache sombre colorait la laine, alimentée dans son expansion par un mince filet de sang qui s'écoulait encore de la blessure. La main droite du cadavre serrait désespérément un 7. 65. Cadin se pencha près du mort.

— C'est un Beretta. Il a dû se buter tout seul… Il y a des traces de brûlures dans les cheveux…

Les curieux avaient profité de l'extrême attention des policiers pour s'infiltrer dans le logement. Cadin perçut le brouhaha. Il se retourna, nerveux.

— Vous le gardien… Virez-moi tout ça ! On n'est pas au Grand Guignol ! Et qu'ils ne touchent à rien… Même pas aux murs.

Léonard fit le tour d'un canapé du cuir qui séparait la pièce en deux, coin salon-télévision, coin-repas.

— Il y a du sang ici aussi… Il n'a pas dû mourir tout de suite.

— Tu racontes n'importe quoi ! Regarde-le, il a la moitié de la tête arrachée. Les mecs, ça ne se balade pas pendant un quart d'heure comme les canards décapités… Où est-ce que tu as vu du sang ?

Léonard désigna du doigt quelques éclaboussures, près du poste de télévision et sur le papier peint côté salon.

— Ici, et c'est encore frais.

Cadin remit son arme dans son étui et se décida à visiter le reste de l'appartement.

— Ça ne tient pas debout : il est mort instantanément, sur le tapis. À moins qu'il ne se soit raté une première fois… Dans ce… Oh merde !

Il s'arrêta net au seuil de la chambre. Une femme était allongée à même le couvre-lit de velours bleu. Elle semblait dormir, les yeux clos, ses longs cheveux blonds disposés en ordre autour de son visage, quelques mèches remontant sur l'arrondi des épaules. Une large marque humide assombrissait sa robe

27

d'été, juste sous le sein gauche. De l'endroit où il se tenait, Cadin pouvait voir ses pieds nus, ses jambes parallèles, le tissu léger tiré sur les genoux… Une scène d'une netteté trop grande, qui appelait en lui des images de films et de contes. Son regard suivit les lignes du corps, évitant la tache où s'était enfuie la vie, et se posa sur les lèvres, les paupières, le nez de la victime. Léonard l'arracha à sa contemplation morbide.

— Ce coup-ci, on est servi ! Ça explique les deux coups de feu… En tout cas il ne manque plus que les cierges !

— Oui… Il a dû la tuer dans la salle d'à côté puis la transporter ici avant de se mettre une balle dans la tête. Ça explique les traînées de sang sur le parcours… Va dire à ton pote le gardien de faire rentrer tout le monde. D'ici peu toute la baraque sera envahie par nos services… On aura assez de boulot comme ça, sans devoir, en plus, jouer aux gendarmes.

Léonard l'approuva et s'éloigna vers le palier. Cadin repéra le téléphone sur un rayonnage de la bibliothèque. Il appuya sur les touches à l'aide de son stylo pour ne pas détruire d'éventuelles empreintes. Il reconnut la voix de Mernadez.

— Cadin à l'appareil. Il y a pas mal de dégâts ici… Deux macchabées. Appelez la préfecture, qu'ils nous envoient directement trois ou quatre hommes à la cité République. Appartement 97… Vous avez noté ?

Mernadez acquiesça.

— Quatre hommes appartement 97. D'accord.

— Ensuite, mettez-vous en rapport avec le labo. Dites-leur de faire rappliquer leur équipe à la même adresse. Les deux cadavres, c'est un homme et une

28

femme, s'ils vous le demandent… Bien entendu, n'oubliez pas de passer la consigne à l'identité judiciaire.

L'inspecteur reposa le combiné avec précaution. Son attention fut attirée par des dessins crayonnés dans la marge d'une page de journal. Des flèches, des points d'interrogation, une tête de mort malhabile. La frise semblait mettre en valeur un court article.

> « Un ouvrier de 32 ans, Gérard Noret, est mort hier déchiqueté. Alors qu'il versait les produits nécessaires à la fabrication, il a été entraîné, pour une raison indéterminée, dans les rouages de la machine. Gérard Noret a glissé par la trappe ouverte et a été immédiatement emporté par les pales du mélangeur.
>
> La société Doux-Canin qui employait Gérard Noret occupe une place de leader sur le marché des pâtées pour chiens. »

Il jeta un coup d'œil aux livres classés par collections sur des étagères de bois vernis. Toute une rangée de livres-club avec leurs pastilles de prix-promotion, sur la tranche, des poches, l'intégrale des auteurs de base, Balzac, Zola, Hugo puis des bouquins de cinéma, des revues et un grand nombre de titres de droit social.

L'aménagement de l'appartement ne présentait aucune originalité; le papier peint uni, de couleur claire, mettait en valeur le canapé cuir et l'équipement hi-fi. Pour le reste, les cinquante objets usuels présents dans tous les intérieurs français du milieu des années quatre-vingt parsemaient les différentes pièces. Tout était ordonné, aucune trace de bagarre, de dispute. Dans la cuisine, la vaisselle du repas du soir finissait d'égoutter sur le côté de l'évier.

Léonard revenait quand Cadin sortait de la salle de bains.

— Le gardien t'a donné leurs noms ?

— C'était pas la peine, il est sur la porte, au-dessus de la sonnette. C. et M. Werbel. Il doit bien y avoir des papiers dans un coin... Tu veux que je m'en occupe ?

— Ce serait pas mal... Je vais commencer à préparer mon rapport en attendant que le labo débarque. Après, tu me choisiras deux ou trois voisins pas trop sensibles pour l'identification.

Léonard s'était accroupi près du cadavre, sur le tapis blanc. Il passa le bout des doigts sur les poches de la chemise, du pantalon. Il se remit debout et détailla le dessus des meubles. Son regard s'arrêta sur le portemanteau mural dissimulé derrière la porte qui séparait la cuisine du salon. Il décrocha le blouson de toile qui s'y trouvait suspendu et le fouilla. Il tira un portefeuille de cuir noir aux coutures relâchées. Il en vida le contenu sur la table, au-dessus du mort. Une pochette de plastique transparent protégeait un permis de conduire et les différentes pièces officielles attachées à la possession d'un véhicule : carte grise, talon de vignette, assurance... La photo rivetée sur le permis montrait le visage d'un homme jeune, moustachu, aux cheveux bruns coiffés très court. Il se forçait à sourire, ce qui lui donnait un air un peu bête, comme souvent au Photomaton. Léonard tendit le rectangle rose près de la figure du cadavre et fit la moue : le coup de feu, tiré bout touchant, avait arraché la moitié de la boîte crânienne. Difficile de comparer, d'autant que ce qui subsistait du visage était strié de sang et parsemé de caillots en cours de coagulation.

Le portefeuille contenait également un mince carnet d'adresses dont les pages étaient couvertes d'une écriture fine et nerveuse. Certains noms étaient suivis d'une ligne raturée, surchargée, les correspondants semblant avoir changé d'adresse ou de téléphone à de multiples reprises.

Léonard fit claquer la couverture du carnet sur le dessus de table. Il feuilleta un livret de Caisse d'Épargne arrêté à la somme de 18 732 francs et 12 centimes, dont la pochette de protection contenait de l'argent liquide, près de deux mille francs.

L'ensemble des pièces d'identité et des papiers étaient établis au nom de Claude Werbel, né le 18 mars 1940, au Lude, de nationalité française, domicilié à Courvilliers cité République. En face du mot profession : ajusteur.

— Tu as besoin de son identité précise ?

Cadin s'était installé sur la table de la cuisine. Il répondit en continuant à remplir son carnet de notes.

— On verra ça plus tard, je laisse en blanc pour le moment…

Léonard remit le blouson sur la patère et attrapa une besace en cuir souple posée sur la moquette. Il tira sur la fermeture Éclair qui s'ouvrit en sifflant, et couchant le sac il en versa le contenu sur la table. Un passeport maculé de poudre émergeait d'un fouillis de flacons, de mouchoirs, de plaquettes de pilules. Il n'eut aucune difficulté à reconnaître la femme blonde dont le portrait figurait en page trois : le passeport datait du mois de juin. La photo couleur tirait sur le violet et dénaturait le teint des pommettes, des lèvres. Les yeux, d'un gris émouvant, fixaient intensément l'objectif. Et par-delà, la mort.

Il tourna la page, revenant à la première.

Monique Werbel, nom de jeune fille Roguet. Née le 3 janvier 1948, à Toulouse. Secrétaire. Domiciliée cité République à Courvilliers.

Une série de clichés de vacances, cadrages approximatifs, flou de rigueur, la montrait en compagnie de son mari, rayonnante, amoureuse.

La sirène d'une voiture de police occupa peu à peu davantage le silence, jusqu'à emplir la pièce. Au passage la lueur bleutée du gyrophare balaya le salon. Bientôt trois flics en uniforme arrivèrent dans l'appartement, pilotés par le gardien. L'inspecteur leur fit un résumé de la situation et les chargea de consigner les déclarations de tous les locataires, en essayant de débusquer celui qui avait appelé le commissariat à 3 h 51 précises.

Une demi-heure plus tard les deux photographes de l'identité judiciaire débarquaient à leur tour. Ils s'installèrent et prirent une centaine de clichés, pellicule et Polaroïd, avant de rejoindre Cadin et Léonard dans la cuisine.

— On peut faire du café ici ?

L'inspecteur approuva la suggestion.

— Il doit y avoir tout ce qu'il faut dans les placards. Débrouillez-vous. Sinon, il y a un reste de coca au frigo… Les gars du labo n'ont pas l'air pressés d'arriver. C'est dans leur habitude ?

— C'est comme nous, ils ne viennent pas pour le plaisir… D'autant qu'ils sont sûrs que leurs clients ne risquent pas de mettre les bouts… Ils ont tout leur temps.

Ils burent le café des Werbel, coincés autour de la table de Formica, se racontant des histoires d'autopsie, de constats horribles, comme s'ils voulaient exorciser la mort trop proche. Puis la conversation tomba, sans que personne ne trouve le courage de la relancer.

L'équipe du laboratoire fit son apparition peu avant cinq heures du matin alors que le jour s'installait, un vieux toubib au visage anguleux, la peau tendue sur les pommettes, et son adjoint qui portait les valises. Ils se casèrent sur le canapé.

— Il est où, le deuxième ?

Léonard indiqua la direction de la chambre.

— La femme est là, sur le lit.

— C'est terminé pour les photos ?

— Non, on a juste mis les lieux en boîte… Sans rien toucher. Dès que vous aurez fini, on passera aux gros plans…

Une mouche grimpait la paroi extérieure d'une tasse. Cadin l'observait. Elle fit une halte sur l'arête puis descendit le long de la porcelaine tremper ses pattes dans le sucre fondu. Dès qu'elle y fut, l'inspecteur plaqua sa main ouverte sur le bord de la tasse. Il souleva un coin de sa paume, un côté du triangle creux que forment le pouce et l'index, baissa la tête et approcha un œil de la mince ouverture.

— Cherche pas… Elle est déjà accrochée au plafond !

— Tu parles de quoi ?

Léonard haussa les épaules.

— De quoi veux-tu que je parle ? De la mouche…

33

Elle a été plus rapide que toi… Elles ont des yeux au-dessus de la tête, comme les sous-marins…

L'inspecteur prit le parti de ne pas répondre. Il rejoignit les gens du laboratoire dans la salle à manger. Le toubib prenait des notes sur un calepin, un bic coincé entre ses doigts aux phalanges nettement marquées.

— Vous avez une idée de ce qui s'est passé ?

Le stylo s'arrêta au milieu d'un mot et deux yeux noirs, enfoncés profond sous des arcades sourcillières boursouflées, le fixèrent.

— Vous êtes nouveau, vous ?

Et, sans lui laisser le temps de placer un mot :

— … nouveau mais pas original ! Tous les mêmes… Les corps sont encore chauds que vous réclamez une analyse circonstanciée, dactylographiée en trois exemplaires ! Il y a une heure j'étais au lit… Et tout juste arrivé, avec un pied dans les songes, je devrais reconstituer les événements qui ont conduit ces deux inconnus vers la mort !

— Je ne vous en demande pas tant…

— J'exagère à peine. Il n'y a qu'un examen approfondi qui pourra vous donner des éléments de réponse. L'autopsie. En ce moment, avec les vacances, il faut compter trois jours… Deux en faisant jouer la procédure d'urgence. On en a plusieurs qui attendent au frais…

— Vous pouvez tout de même me donner un avis officieux. L'enquête ne peut pas attendre les résultats de l'autopsie pour démarrer. Si vous me dites que ce sont probablement deux suicides ou deux assassinats, ça influera sur ma façon de lancer mes recherches… Ce que vous me direz ne sortira pas d'ici… Juste vos premières impressions…

— Si ça vous fait plaisir... Mais je ne vous apprendrais rien en vous précisant que la femme n'a pas été tuée sur le lit : on l'a transportée dans la chambre alors qu'elle était déjà morte. On trouvera la place exacte où elle se tenait quand elle a pris une balle dans le cœur en analysant les traces de sang, dans le salon... Ce que je peux vous dire, c'est qu'elle a été tuée à bout portant ; l'étoffe du corsage est légèrement brûlée autour de l'orifice de pénétration du projectile... On passera le tissu au convertisseur à infrarouges, pour vérifier, mais cela ne fait aucun doute...

Cadin tourna la tête vers le tapis grec.

— Et pour lui ?

— À première vue, cela ressemble bougrement à un suicide. La balle est entrée par l'œil droit et elle est ressortie en emportant une partie de la boîte crânienne...

— C'est assez rare, non ?

Il esquissa une moue qui tendit encore un peu plus la peau sur le squelette de son visage.

— Oh, pas trop... C'est moins fréquent que de choisir la tempe ou l'oreille mais c'est tout aussi efficace. L'autopsie sera décisive pour déterminer l'angle de tir. Quand on se suicide, la morphologie humaine n'autorise qu'une quantité limitée de positions... Ce qui n'empêchera jamais un désespéré original de vouloir mettre fin à ses jours en plaçant un canon de pistolet sur le sommet de son crâne tout en essayant de faire ressortir la balle par le trou de son cul ! J'aimerais tomber sur un cas de ce genre avant de partir en retraite...

— Désolé, mais ce n'est pas encore pour

aujourd'hui. Admettons que l'angle de tir corresponde aux normes admises pour un suicide, on peut imaginer que quelqu'un pouvait se tenir près de la victime…

Le médecin l'interrompit.

— Ça, c'est votre travail, pas le mien. Au moment du tir, la main qui tient l'arme reçoit une projection de grains de poudre qui s'incrustent dans la peau… On a un test pour cela, un moulage à la paraffine… Même s'il est positif pour votre client, ce ne sera qu'une indication, rien de plus. Les assassins sont vicieux. Il suffit de suicider un gars inerte en lui tenant la main après s'être, soi-même, protégé avec un gant ! Des cas de ce type, il y en a des dizaines dans les annales. Enfin rassurez-vous, tous les cadavres que nous rencontrons ne sont pas des énigmes spécialement préparées à notre intention par le génie du mal… Il y a encore des morts qui ont du savoir-vivre !

Le véhicule aménagé de l'institut médico-légal se gara sur l'esplanade un peu après six heures, alors que les premiers groupes d'ouvriers rejoignaient les lieux de ramassage du circuit d'autocars mis en place par Hotch.

Le travail terminé, tout le monde s'était retrouvé dans la cuisine, autour d'un café frais. La conversation s'était à nouveau embourbée dans le morbide, une affaire d'excision, une semaine plus tôt, qui avait tourné au tragique, la fillette morte, dans une cité proche… Cadin évoqua ces femmes japonaises à qui l'on interdisait de sourire, la politesse leur imposant de ne jamais montrer leurs dents… Les toubibs et les photographes le regardèrent, interloqués, et mirent leur incompréhension sur le compte de la fatigue. Seul Léonard débrouilla l'analogie et le manifesta d'un coup d'œil complice.

Le médecin saisit la balle au bond.

— À propos de sourire, celui de Mata-Hari est resté célèbre… C'était même un outil de travail, elle se gardait bien de le cacher derrière sa main ! Quand mon père étudiait à l'École alsacienne, juste après la guerre de quatorze, il avait un professeur d'anatomie qui faisait une collection unique : une collection de paupières ! Un jour, mon père m'en a certifié l'authenticité, ce professeur leur a montré les paupières de Mata-Hari…

Les leurs s'ouvrirent grandes, malgré le manque de sommeil.

Cadin toussa pour s'éclaircir la voix.

— Avec un prof de cet acabit, on ne doit pas savoir quelle branche choisir : toubib ou assassin ! Il faudrait vérifier si le docteur Petiot n'a pas fréquenté son cours…

— Et pourquoi cela ?

— Il était collectionneur lui aussi : il possédait toute une série de bocaux renfermant des sexes masculins et féminins… Ils étaient alignés au-dessus de la cheminée, en face de la table où la famille, sa femme, ses enfants, prenaient leurs repas quotidiennement. Ce qui n'a pas empêché cette femme, lors du procès, de jouer les étonnées…

Léonard le poussa du coude.

— Je peux te confier une chose : si ma copine faisait collection de conserves de couilles, je ne dormirais pas tranquille !

Ils se mirent à rire nerveusement, des rires qui

duraient trop longtemps pour être justifiés par la seule plaisanterie. Cadin s'essuya les yeux.

— Tu es vraiment con, Léonard !

Le flic se rapprocha de l'inspecteur, lui posa une main sur l'épaule.

— On a commencé à se tutoyer à minuit et on s'insulte avant même le petit déjeuner ! Je crois que c'est bien parti entre nous, inspecteur.

Chapitre deux

Le caporal demeura un bon moment à observer le manège du harki. C'était un Kabyle originaire d'un village au nom impossible, près de Tizi-Ouzou, sur la route de Tigzirt. Le caporal ne savait pas ce qui avait amené ce paysan à s'engager dans l'armée française. La région d'où il venait comptait parmi celles où le FLN était le mieux implanté.

Personne ne connaissait exactement son âge, soixante ans peut-être, mais sa résistance lors des marches, pendant les opérations, faisait qu'on lui en attribuait généralement moins. Il montait les bidons d'eau et les versait dans le réservoir, au-dessus de la douche, sans le moindre geste inutile, le visage impassible. Il pouvait rester des journées entières sans prononcer une parole, à part ce bourdonnement, aux heures des prières…

Un jour, à table, il avait fait tomber un objet métallique de sa poche, en sortant son couteau. Une médaille qu'il avait ramassée précipitamment et cachée au creux de sa main comme s'il s'agissait d'un objet compromettant. Le caporal avait eu le temps de reconnaître le dessin d'un casque renversé posé sur deux baïonnettes croisées avant que la médaille rejoigne la poche de vareuse.

Il s'était renseigné.

Peu de soldats pouvaient se vanter de posséder cette distinction… Les quelques dizaines de rescapés des unités suicides qui avaient reçu l'ordre d'arrêter la progression des colonnes blindées allemandes, en juin 40 ; sur la route de Dunkerque. Une jeep conduite par un jeune appelé qui passait sa vie à prospecter des partenaires pour des parties de tarots interminables freina et vint se ranger devant le préfabriqué.

— Tu te fais une bronzette ?

Le caporal leva la main droite, mollement, en guise de salut. Dans les premiers temps de son affectation au DOP de Souk-Lémal il lui arrivait souvent de prendre une jeep et de filer torse nu sur les pistes, le pare-brise baissé, avec le vent tiède qui lui fouettait le corps… Il oubliait même quelquefois de se munir de son pistolet-mitrailleur, fonçant ainsi sans protection dans la zone hostile qui entourait le poste.

Le renforcement des unités de guérilla interdisait aujourd'hui de telles balades mais le goût lui en était déjà passé bien avant que le capitaine ne prenne de nouvelles dispositions. L'appelé sauta de la jeep.

— Tu as du courrier… Il est sur le meuble, dans le casier…

Le caporal fronça les sourcils puis se souvint que la camionnette du vaguemestre avait laissé un essieu sur la route d'Alger, la semaine précédente.

— C'est toi qui assures la tournée ?

— Oui. Pierrot a décroché le gros lot : une fracture du fémur et un truc aux vertèbres… Il va finir

40

son service à l'hosto, le veinard ! C'est pas à moi que ça arriverait, une chance pareille… Et toi, tu te plais dans le coin ?

Le caporal ferma les yeux.

— Je ne suis pas venu ici en touriste, ni comme volontaire… Alors, que ça me plaise ou non… À ce qu'on raconte, ici ou ailleurs c'est la même merde… On est là pour recoller les morceaux mais tout est pourri, tout tombe en lambeaux et on ne sait plus dans quel ordre ça tient debout…

— Tu en as encore combien à tirer avant la quille ?

— Six mois… Et toi ?

L'appelé remonta dans sa jeep et tira le démarreur.

— Il m'en reste pour un an et demi… T'as du pot, tu vois le bout…

Le caporal ne répondit pas. Il regarda la piste disparaître sous le nuage de poussière, essayant de déchirer le voile opaque qui lui interdisait, depuis des semaines, de songer à son retour en France.

Chapitre trois

Cadin compléta son rapport en attendant l'arrivée du commissaire Périni. Ils passèrent un long moment ensemble à évoquer les événements de la nuit. Périni fit part à l'inspecteur de son souhait de se saisir de l'affaire, prétextant l'incompatibilité des horaires de Cadin avec les exigences de l'enquête. L'inspecteur n'eut pas la présence d'esprit de proposer d'en finir avec ses permanences nocturnes. Ils se quittèrent vers midi.

Cadin s'arrêta en chemin, au « Chien qui fume », pour boire un café et acheter les journaux. Dans les toilettes du troquet le rouleau de papier habituel avait été remplacé par des feuilles format machine coupées en quatre et accrochées à un clou. Il détacha un morceau de papier sur lequel il reconnut le tampon du commissariat. Intrigué il arracha la liasse et tenta de reconstituer une page sur laquelle courait une écriture tracée à l'encre bleue.

> « *La lettre* »
> « *Comme elles sont douces*

Ces jolies violettes
Venues dans la mousse
Tendres et discrètes
Elles vous diront tout bas
Que je n'oublie pas
Mais elles sont si frêles
Que je crains pour elles
Le cachet brutal
Du facteur rural. »

Il glissa le poème écartelé dans sa poche intérieure. Chatka l'accueillit sur le seuil de la maison par un concert de miaulements, entraînant Cadin directement devant le frigidaire. L'inspecteur émietta le contenu d'une boîte de thon au naturel, remplit l'écuelle de lait puis il prit une douche en écoutant les informations. Les morts de Courvilliers n'avaient pas les honneurs des ondes. Il s'essuya, passa un slip tiré d'un carton à demi éventré et s'allongea sur le lit, sur le côté, un coude soutenant sa tête pour lire la presse.

Mardi 24 août... Les Werbel étaient morts le jour de la Saint-Barthélemy... Entre un dossier consacré à David, l'enfant du placard, et une série de reportages décrivant l'évacuation de Beyrouth par les Palestiniens, il dénicha une brève qui donnait les résultats d'une enquête réalisée par un mouvement de défense des consommateurs au sujet de l'allaitement au sein. Il apprit que le lait des femmes de France était fortement contaminé puisqu'il contenait huit fois plus de DDT que ne l'admettaient les normes de l'Organisation mondiale de la Santé. L'article attribuait cette pollution à l'utilisation massive de pesticides par les agriculteurs. Les nourrissons étaient tout juste mieux lotis en Espagne et en Pologne…

La page locale de Courvilliers réservait ses titres aux résultats des équipes de football et au classement du semi-marathon disputé au cours du week-end précédent. Un placard publicitaire attira l'attention de Cadin :

MARDI 24 AOÛT
à partir de 18 heures
à l'espace Desnos
ÉLECTION DE MISS COURVILLIERS
Entrée 40 F. Tenue correcte exigée.

Le sommeil le surprit peu après. Le chat vint se blottir entre la tête de l'inspecteur et l'oreiller. Les premiers ronflements de Cadin le firent sursauter mais dès qu'il en eut identifié la provenance Chatka se mit à ronronner, comme s'il voulait accompagner son nouveau maître dans sa nuit décalée. Les rêves n'eurent pas le temps de s'organiser : Cadin fut réveillé par une tonitruante musique de reggae poussée au maximum. La fenêtre de sa chambre donnait sur la rue et surplombait un feu tricolore qui passait immanquablement au rouge dès que s'annonçait une décapotable pilotée par un Antillais…

Il reprit une douche tiède et s'habilla rapidement afin de ne pas rater le début du spectacle.

L'espace Desnos était situé au cœur de la ville nouvelle, un complexe en béton brut regroupant une ancienne annexe de la Maison de la Culture transformée en salle des fêtes, une bibliothèque et quelques ateliers d'artistes. Quatre policiers municipaux cana-

44

lisaient la foule qui se pressait devant le bâtiment. La sono du hall noyait les conversations dans le « Chœur des Exilés » du *Nabucco* de Verdi, dans la version show-biz de Nana Mouskouri. L'un des flics à casquette plate chantonnait en surimpression :

« Quand tu chantes, je chante avec toi Liberté… »

L'inspecteur dut jouer des coudes pour arriver au guichet. Muni de son ticket d'entrée, il longea un mur recouvert de toutes les affiches des spectacles joués depuis la création du lieu et accéda à la salle déjà remplie aux trois quarts. Les premiers rangs avaient été démontés pour permettre l'aménagement d'une piste réservée aux évolutions des concurrentes. Quelques couples profitaient des minutes qui les séparaient encore de l'heure prévue pour le début des exhibitions, tanguant en pleine lumière sur l'opéra sirupeux. Cadin s'était imaginé un public essentiellement masculin et plutôt âgé mais il constata avec surprise que de nombreuses jeunes femmes s'étaient déplacées. Il commanda une bière au bar situé près de la scène avant d'aller s'asseoir au dernier rang, contre le mur, une place qu'il affectionnait au théâtre car elle lui permettait de s'éclipser sans attirer l'attention.

Le rideau de scène s'agita soudain. Le visage fardé d'une femme, les cheveux masqués par un chapeau à larges bords, apparut une fraction de seconde entre les lourds pans de velours rouge. La salle se mit aussitôt à applaudir pour réclamer le début du spectacle. Les lumières s'éteignirent et Verdi déclina avant de laisser l'espace à un air disco qui marquait l'entrée en scène du meneur de jeu.

— Chers amis bonsoir. Si nous nous retrouvons si nombreux ce soir, dans la salle Desnos, nous le devons avant tout à l'Association des Commerçants de Courvilliers qui a pris l'initiative de ce premier concours local, ainsi qu'à la société Hotch qui nous a apporté une aide précieuse. Le spectacle que nous allons vous présenter sera entièrement consacré à la grâce, à l'élégance féminines et j'espère que vos encouragements ne feront pas défaut à nos charmantes concurrentes... La lauréate de ce concours verra son avenir totalement modifié : elle sera inscrite d'office à la finale départementale pour le titre de Miss Seine-Saint-Denis... une distinction qui lui ouvrira les portes du titre suprême : la couronne de Miss France...

Le présentateur possédait un petit talent, une voix chaude dont il jouait à merveille ; son médiocre baratin passait la rampe sans accroc et malgré l'impatience, personne dans la salle ne semblait se lasser. L'attente du défilé était partie intégrante du plaisir, le public acceptait l'effort pour mieux savourer la récompense.

L'inspecteur avala sa dernière gorgée de bière. Il poussa la bouteille vide sous le siège.

— ... Cet après-midi, nous avons le privilège de compter parmi nous le célèbre peintre Paul Truaux qui exécutera le portrait de notre lauréate. Ce tableau sera remis au gagnant de la tombola dont vous pouvez vous procurer les billets auprès de nos hôtesses. Et maintenant, place au spectacle avec Josie qui porte le numéro Un. Josie n'a que dix-sept ans et sur mes notes je lis 93, 58, 91... Non, ce ne sont pas les résultats du loto, mais les mensurations de Josie... Un tiercé gagnant !

Josie s'avança jusqu'au centre de la scène, tremblante de trac. Elle s'arrêta la jambe droite croisée sur la gauche, le pied pointé vers le sol, comme elle avait dû le voir faire par les apprenties miss de concours précédents. Elle se figea dans cette pose et découvrit ses dents à la faveur d'un sourire crispé. La salle semblait apprécier la citation et le manifestait en mêlant sifflets et applaudissements. Une douzaine de filles défilèrent ainsi, accompagnant leurs prestations de musiques de variétés qui évoluaient entre Jairo et Vartan.

L'attention de Cadin avait chuté, son regard se promenait distraitement sur le rebord de scène, perdu dans le vague. Il loupa l'entrée du numéro 13 mais le silence qui se fit soudain l'alerta. Il souleva ses paupières et les talons aiguilles pénétrèrent dans son champ de vision. Il fixa les ongles rouges qui dépassaient de ses chaussures maintenues par de minuscules lanières de cuir et suivit la ligne ondoyante des jambes. Son cœur se mit à battre tandis que son esprit enregistrait la pureté des formes.

— 91, 59, 90… Un corps parfait pour ce modèle que l'on croirait tout droit sorti de l'atelier d'un sculpteur… Maryse, qui porte le numéro de la chance, est employée chez Hotch, la société qui parraine cette soirée… Au service planning…

Le voisin de l'inspecteur se trémoussait sur son siège. Il se tourna vers Cadin sans cesser de battre des mains.

— Je me disais bien que je l'avais déjà vue quelque part ! Elle n'est pas mal, non ?

Cadin acquiesça en silence. Le personnel de l'usine constituait une grosse majorité de l'assistance car l'annonce de la profession de Maryse venait de

47

provoquer des réactions passionnées. Les membres du jury n'auraient pas trop à se creuser la tête pour le palmarès. L'absence du 13 sur la plus haute marche du podium risquait de provoquer une émeute.

Dès que le calme revint les deux dernières candidates firent une longueur de plateau chacune, sans trop d'illusions, puis l'animateur consulta le président du jury, un adjoint au maire, et proclama les résultats.

Maryse raflait le titre, à la satisfaction générale. Cadin fut irrité par le vent de chauvinisme qui s'emparait de la salle. Il quitta sa place, décidé à rentrer chez lui en attendant l'heure de son service. Un jeune homme entièrement revêtu de cuir noir, blouson, pantalon et bottines, se mit en travers de son passage.

— Inspecteur Cadin ! Je suis heureux de vous rencontrer... Mais vous êtes bien le dernier que je m'attendais à trouver ici... En service ?

Il avait un visage rond, la lèvre supérieure soulignée par une ombre noire et mince.

— Je suis censé vous connaître ?

Un sourire souleva le soupçon de moustache.

— On devait y arriver un jour ou l'autre... Je m'appelle Alain Mény, je suis journaliste. Sur la radio du département, TOP 93...

— Vous m'avez l'air bien organisé... Vous tenez un fichier de tous les nouveaux flics nommés dans le secteur ?

— De ce côté-là, vous pouvez être tranquille, nous ne vous faisons pas une grosse concurrence ! Je vous avais déjà aperçu... Le commissaire Périni nous avait avertis de votre nomination à Courvilliers et vous êtes passé dans les couloirs un jour que je venais relever la main courante… J'anime une émission sur les faits divers, le samedi matin…

La simple mention du nom de Périni avait irrité l'inspecteur. Il imaginait assez bien les commentaires du commissaire sur ses états de service mouvementés en Alsace ou à Hazebrouck. Cadin manifesta le désir de mettre fin à l'entretien en saluant le journaliste mais ce dernier le retint.

— … J'ai l'habitude de présenter les nouvelles personnalités locales, en fin d'émission… Police, gendarmerie, justice… Vous pourriez m'accorder cinq minutes d'interview ? On peut faire ça en direct ou enregistrer un bout de cassette…

— Écoutez, que les choses soient claires : je suis un flic ordinaire, et les flics ordinaires, ça bosse dans la discrétion. C'est du moins ce que j'essaye de faire.

Alain Mény planta ses deux pouces dans les poches de son cuir.

— Vous y réussissez parfaitement. D'habitude on est sur le tas en même temps que les flics mais Cité République, j'avais un bon métro de retard. Vos collègues venaient de tout remballer. On dit que c'est vous qui êtes tombé sur l'affaire… L'enquête avance ?

— N'essayez pas de jouer au plus malin avec moi. Si vous marchez avec Périni, vous devez savoir que c'est lui qui est sur le coup.

Le visage du journaliste se renfrogna.

— Vous n'avez pas l'air d'avoir compris. Je ne marche pas plus avec Périni qu'avec vous. Je me contente de faire un bout de chemin en compagnie des pékins qui acceptent de me fournir des infos… De temps en temps, il m'arrive de renvoyer l'ascenseur...

Des applaudissements éclatèrent dans la salle. Cadin toisa Mény.

— Je demande à voir...

Les portes s'ouvrirent et les spectateurs envahirent le hall. Le journaliste entraîna Cadin dans un coin, près des caisses.

— Vous pouvez voir tout ce que vous voulez... Je suis prêt à vous raconter la vie de Périni, ses magouilles avec les flics du maire... Ça vous dit ?

Cadin l'avait laissé parler et s'était contenté de sortir les morceaux de papier déchirés récupérés dans les toilettes du « Chien qui fume ». Il les tendit à Mény qui les raccorda, amusé.

— Est-ce que vous connaissez le nom de celui qui écrit ça ?

— Oui je le connais... Je vous le donne en échange de mon interview...

L'inspecteur manifesta son approbation en inclinant la tête, les paupières baissées.

— Alors, qui est-ce ?

— Vous passez la nuit avec... Un gars de l'équipe de nuit, le brigadier Mernadez... Il nous a bassinés des semaines durant, à la radio, pour qu'on programme une émission poétique...

Il lut le texte à mi-voix, ironique.

— ... « le cachet brutal du facteur rural... » ! Il est en plein progrès... Ça vous plaît ?

Cadin avait enregistré le nom de Mernadez sans étonnement, même s'il devait produire un effort pour imaginer le poète, sous l'uniforme. Le brigadier lui apparaissait comme un homme taciturne qui, s'il effectuait son service sans rechigner, n'y mettait également aucun zèle. Une discrétion que Cadin avait mise sur le compte de la routine mais qui était, en fait, la marque d'une riche vie intérieure.

— Ça ne me déplaît pas… Il est évident qu'on peut trouver mieux. À sa décharge il faut admettre que des spectacles comme celui de cette nuit ne vous incitent pas à faire dans la dentelle !

— Pas très joli à regarder, d'après le gardien… Claude Werbel surtout… Une balle en pleine tête, ça fait de drôles de dégâts. Il y en a qui préfèrent se rincer l'œil avec les photos de sa femme…

— Quelles photos ? Vous parlez de quoi ?

— Vous n'êtes pas au courant, inspecteur ? Ça me surprend, mais vous avez l'air sincère dans l'étonnement… Une dizaine de clichés qui ont circulé dans Courvilliers, il y a quelques semaines… Une partie de jambes en l'air avec Monique Werbel en gros plans…

Cadin se dirigea vers les portes de sortie.

— On crève là-dedans… Je peux jeter un œil sur ces photos ?

— Je croyais que vous n'étiez pas sur le coup ?

— Disons que c'est par simple curiosité !

Les municipaux occupaient toujours les abords du parking. L'un d'eux était adossé à la porte arrière de la CX tandis que les autres discutaient à l'intérieur de la voiture en vidant des boîtes de bière. Alain Mény les salua de la main et ils levèrent leurs boîtes en retour.

— Les photos ne sont pas chez moi… Avant la loi sur les radios libres, je bossais au journal local, « Courvilliers-Informations ». Je faisais équipe avec

51

un photographe, Patrice... C'est lui qui a reçu le dossier. Vous avez un peu de temps?

— Pas trop, je commence à huit heures. Il habite loin d'ici, votre photographe?

Alain Mény s'arrêta devant une Golf GTI équipée d'une antenne de CB. Il s'installa au volant.

— Non. Montez; au retour je vous déposerai devant le commissariat. Vous serez à l'heure à la pointeuse!

Avant de démarrer il brancha la fréquence. La voiture contourna le square de la mairie et son poilu de bronze, pour rejoindre la voie rapide. Ils dépassèrent la zone industrielle. Quelques ouvriers distribuaient des tracts aux employés de Hotch qui entraient prendre le premier service de nuit. Ils roulèrent cinq minutes pour atteindre le hameau de Rivecourt, une dizaine de bâtisses grises paumées dans les terres à betteraves. La Golf pila devant un pavillon étriqué précédé d'un jardin en jachère. Mény poussa la grille qui racla en vibrant l'allée cimentée. Une tête furtive s'immisça sous le rideau d'une des fenêtres du premier et disparut. Ils entendirent des pas qui tambourinaient sur les marches creuses de l'escalier; la porte s'ouvrit.

— Entre, Alain... Et vous aussi, inspecteur...

Patrice avait une bouille ronde au dessin accentué par une coupe de cheveux maximaliste qui ne lui laissait qu'un duvet blond sur le crâne. Les branches de ses lunettes aux verres également ronds venaient se poser sur des oreilles nettement décollées. Cadin s'avança dans le vestibule.

— Décidément, ma fiche est passée entre toutes les mains! Pour vous aussi, c'est Périni qui a fait les présentations?

52

— Non… Je vous ai remarqué tout à l'heure, au début du spectacle… Alain m'a fait signe… Je suis passé griller trois rouleaux pour le canard. Je crois même que vous figurez sur un ou deux clichés… Les films sont développés, on pourra vérifier !

— Vous ne perdez pas votre temps…

— Le métier, ça fait la différence… J'ai mis le reportage en boîte en cinq minutes, montre en main ! Juste après la cérémonie à la mairie de Courvilliers… L'anniversaire de la Libération.

Alain Mény s'interposa.

— L'inspecteur ne s'est pas déplacé pour entendre la vie édifiante d'un photographe de banlieue… Je lui ai parlé des photos de la femme de Werbel. Tu les as toujours ?

— Oui, elles sont là-haut, dans le labo. Sers à boire pendant que je vais les chercher.

Le journaliste avait devancé l'invite. Il venait de sortir trois verres d'une armoire vitrée et les disposa sous un Manneken-Pis en plastique marron juché sur un socle métallique. Il appuya sur la tête du petit Belge. Un trait d'alcool ambré jaillit de l'entrejambe de la reproduction.

— C'est du cognac, ça vous va ? Sinon il y a le même avec de l'armagnac ou du whisky…

— Cognac, c'est bon… Ça vient d'où, ce truc ? J'ai rarement vu quelque chose d'aussi laid !

Alain Mény ouvrit la porte supérieure de l'armoire vitrée, découvrant un amoncellement de gadgets. Il prit entre ses doigts la réplique miniature d'un W-C avec lunette et chasse d'eau.

— Ça, c'est un cendrier… Il y a aussi une guillotine coupe-cigare, toute une collection de gondoles

vénitiennes, des stylos strip-tease, les trois singes de
la sagesse version hard… C'est en train de lui passer,
mais à une époque il perdait la moitié de son temps à
compléter son bazar…

Patrice était revenu, un classeur sous le bras. Il
l'ouvrit pour en extraire une enveloppe kraft qu'il
tendit à Cadin. L'inspecteur entrebâilla l'enveloppe et
tira une à une les six photos qu'elle contenait. Mény
n'avait pas menti. Monique Werbel était bien vivante
sur les bromures. Trop vivante, à son goût. Sur chacun des clichés un homme nu, le visage hors du
cadrage, mais que l'on devinait chaque fois différent,
l'enlaçait. Cadin sentit la chaleur lui monter au
visage, une chaleur qui ne devait rien à l'alcool. Un
sein écrasé sous un bras, cette tête renversée, des res-
pirations heurtées… Bientôt un mois qu'il n'avait pas
fait l'amour. Il déglutit en essayant de maîtriser les
battements de son cœur, de masquer le trouble que
provoquait la vision des clichés, puis il repoussa les
photos au fond de la pochette.

— Ce sont de vrais tirages ou des photomontages ?

Patrice esquissa une grimace hésitante.

— Difficile à dire… En tout cas, si ce sont des
montages, chapeau ! C'est du boulot de tout premier
ordre…

— Les traces de montage doivent pourtant se repérer.

— C'est ce qu'on croit… En quelques années les
techniques ont évolué à la vitesse grand V. J'ai fait
des agrandissements pour déceler d'éventuels filets
de raccord. Rien. En plus, il n'y a pas de différence
d'échelle ni d'angle de prise de vue entre les person-
nages et le décor. À mon avis il faudrait avoir les

négatifs sous les yeux pour juger… D'ailleurs tout le monde s'en fout : rappelez-vous l'affaire Markovic… La rumeur suffit…

Cadin reposa l'enveloppe près du Manneken-Pis.

— De quelle manière vous en avez hérité, de ces clichés ?

— Le plus simplement du monde : par la poste. Le paquet est arrivé au journal, un jour que j'étais de cuisine…

L'inspecteur l'interrompit.

— Que vous étiez de quoi ?

— De cuisine… De permanence si vous préférez. On bricole l'édition, les sous-titres, les légendes, chacun son tour. J'ai ouvert l'enveloppe et voilà. C'est tout. Ça venait de Paris, d'après le cachet.

— Elle vous était adressée personnellement ?

Le photographe serra les lèvres, émit un « psst » puis :

— Non, c'était pour le rédacteur en chef…

— Ça lui est passé sous le nez, non ? Vous ne lui avez jamais remis ce courrier, c'est bien ça…

Alain Mény répondit à la place de Patrice.

— Non. Patrice les a mises de côté mais ça n'a pas empêché la rédaction d'être dans le coup : on a recensé cinq jeux complets à travers la ville. Et tous dans un endroit stratégique. La mairie, l'Amicale des commerçants, la Bourse du travail, Hotch… Le rédacteur en chef a cru que le corbeau snobait « Courvilliers-Informations » ! D'ailleurs des photos de ce genre, c'est impubliable… Le but était clair : déglinguer Claude Werbel en salissant sa femme. Vingt personnes soigneusement sélectionnées qui ont ça sous les yeux, et en une semaine toute la ville est au parfum.

L'inspecteur renversa la tête afin de faire glisser une dernière goutte de cognac sur sa langue. Le liquide affadi avait perdu son alcool.

— Vous ne croyez pas plutôt qu'on cherchait à provoquer du tirage dans le couple Werbel ?

Patrice prit le verre de Cadin et le replaça sous le jet hésitant du Belge. La pompe électrique donnait des signes de fatigue.

— Accessoirement. Pour moi, l'objectif principal consistait en la déstabilisation de Claude Werbel. Trop de gens, ici, avaient intérêt à le mater, à le casser… Et parmi ceux-là, certains ne sont pas très regardants sur les moyens à employer…

— On lui en voulait tant que ça ? Il jouait quel rôle dans cette ville ?

Alain Mény s'assit du bout des fesses sur un rebord de la bibliothèque.

— Il y a quelques années, il avait lancé une association d'entraide. Avec un petit groupe d'amis au début, puis avec sa femme, Monique. Ils s'occupaient d'un tas de problèmes. Logement, cours d'alphabétisation, un peu de prud'hommes, ciné-club, défense du consommateur… Ils s'agitaient dans tous les sens après leur journée de travail chez Hotch… Ils dépensaient une énergie dingue… En cinq ou six années d'activisme tous azimuts, ils étaient connus de toutes les communautés de Courvilliers : Arabes, Turcs, Pakistanais, Yougoslaves…

— En gros, ils fonctionnaient comme un service social bénévole ! Je ne vois pas qui ça peut gêner…

Mény se redressa.

— Vous êtes naïf, inspecteur. Il n'y a rien de plus redoutable que des idéalistes qui s'organisent ! Quand

56

on révèle à un paumé, à un laissé pour compte qu'il a des droits, c'est comme si on allumait une bombe à retardement. À partir de cet instant, il ne pense plus qu'à une chose : qu'on lui reconnaisse ces droits. Multipliez ce paumé par dix, par cent, par mille… Voilà à quoi s'employait Claude Werbel. La direction de Hotch a vite montré des signes de nervosité. La nouvelle municipalité aussi : elle vient de remporter les élections en promettant la restauration de la sécurité… Tout ce qu'elle désire maintenant, c'est qu'on oublie qu'avec elle, il y aura exactement le même nombre d'immigrés ! C'est le planning de production qui en décide, personne d'autre. Le travail de Werbel était de plus en plus perçu comme de la provocation. D'autant que le maire est sur un gros coup : il négocie la commercialisation d'une bonne partie de la zone industrielle qui jouxte l'usine… Deux cents hectares en friche depuis dix ans. On parle de 2000 emplois. Presque un miracle par temps de crise. Deux ou trois séances d'affrontements entre ouvriers immigrés et CRS et tout pouvait tomber à l'eau…

— Il s'appuyait sur qui alors ? Les syndicats ?

— Non, sur personne, au fond… Les institutions, quelles qu'elles soient, n'ont pas très confiance dans les francs-tireurs. Les responsables syndicaux de chez Hotch le regardaient de travers. Il commençait à marquer des points là où ils étaient tenus en échec : faire cohabiter les différentes nationalités… Pour la CGT, il sentait le soufre ; au mieux on le traitait de gauchiste. La CFDT est pratiquement inexistante et les deux, trois types qui la dirigent devaient avoir peur de se faire déborder par Werbel. Quant à FO, ils tiennent trop à leur clientèle de petits cadres pour risquer de les effaroucher. Comme de juste, les plus virulents contre Werbel, c'étaient les gars du syndicat maison... Ils criaient bien fort ce qu'on chuchotait à la direction... La voix de son maître...

Cadin fit quelques pas dans la pièce.

— Si je comprends bien, la mort de Werbel ne fait que des heureux, dans le coin !

Il s'arrêta brusquement et agita l'enveloppe.

— Vous pensez que Périni est au courant de ça ?

Mény ébaucha un sourire et vida son verre.

— Vous pouvez toujours lui rafraîchir la mémoire...

Patrice s'était absenté depuis plusieurs minutes. Il redescendit de son labo alors que le journaliste se préparait à partir. Il tendit à Cadin un tirage encore humide.

— Un souvenir d'aujourd'hui...

L'inspecteur se reconnut, un cliché de trois quarts dos pris à l'espace Desnos. Au second plan, sur la scène, il distingua l'ombre de l'animateur et, près des coulisses, le visage angélique de Maryse, la future Miss Courvilliers, s'apprêtant à s'offrir aux regards des spectateurs.

Chapitre trois

La jeep contourna le poste et prit la route de Souk-Lémal. Le caporal la suivit du regard jusqu'à ce qu'elle disparaisse derrière la colline. Il se leva et se dirigea d'un pas pesant, ses Pataugas raclant la caillasse, vers le préfabriqué.

Il les entendit bouger, dans le fond.

Sa lettre était posée au-dessus de la pile d'imprimés et de plis, sous les étagères nominatives. Il n'eut pas besoin de retourner l'enveloppe pour connaître l'identité de son correspondant. Tout en elle lui était familier. Elle lui appartenait déjà, là, au milieu des autres. Le timbre collé plus bas qu'on ne le fait en général, ce papier légèrement bleuté, et l'écriture penchée à la graphie nerveuse de sa mère…

Il déchira la languette et trouva le mandat habituel qu'il glissa dans sa poche de chemise après l'avoir plié. La lettre débutait de la même tendre manière que toutes celles qui l'avaient précédée et qu'il rangeait soigneusement dans une boîte, sous son lit :

« Mon tout petit »

« Cela fait bientôt six mois que nous n'avons pas reçu de lettre de toi. Nous avons de temps à autre

quelques nouvelles par l'intermédiaire du fils Raffier
qui est cantonné près de Souk-Lémal, au camp de
Terzit. Il dit que tu es en bonne santé et que ton poste
n'est pas exposé, qu'on se bat rarement dans ton sec-
teur. Cela nous rassure, ta sœur et moi, mais cela ne
remplace pas le bonheur que nous avions, le matin,
en découvrant tes lettres, tes cartes dans la boîte aux
lettres. Ton silence nous prive de ces rares moments
de joie, les seuls que nous avions depuis que cette
guerre nous prive de ta présence. Je me souviens tou-
jours du bonheur que tu avais à nous faire partager
tes découvertes au retour de tes promenades. Les
soirs d'été sont devenus tristes et la maison est vide,
comme si j'avais perdu ton père, une seconde fois.

Mais trêve de mélancolie. Je ne t'écris pas pour te
donner le cafard bien que ce ne serait, et je le pense,
qu'un prêté pour un rendu. Ton silence a sûrement
des raisons. Les journaux recommencent à beaucoup
parler de paix. Peut-être ne voyez-vous pas la diffé-
rence, là-bas, sur le terrain. Si cela pouvait être enfin
vrai, des milliers de mères, comme moi, cesseraient
de penser à leurs fils en tremblant.

Viviane a réussi à se faire embaucher à la biscuite-
rie, au poste qu'elle espérait. J'ai remercié le maire
pour tout ce qu'il a fait dans ce sens. Ce serait bien
de ta part de lui envoyer un petit mot aussi. Le
salaire de départ n'est pas bien élevé, mais il nous
permettra de payer le père Georges pour le travail
qu'il fait dans nos champs. Une bonne nouvelle pour
toi : le mois prochain tu recevras deux mandats.
Viviane tient à soutenir le moral de son grand frère !
Elle voulait t'en faire la surprise mais je ne résiste
pas au plaisir de te le dire dès maintenant. Qu'ajou-

ter sinon ? Je vais aussi bien qu'on peut aller à mon âge, séparée de mon tout petit. Je prie souvent pour toi, pour que tu nous reviennes très vite, avec tout cet amour dans les yeux. Je sais que je serai exaucée et cela me donne assez de force pour surmonter ton silence.

Écris-nous. Ne serait-ce qu'une carte.

Reçois de ta sœur et de ta mère leurs plus grandes marques d'affection. »

Le caporal acheva sa lecture bouleversé et il enfouit sa tête dans la feuille bleutée.

Le Kabyle s'était approché pour l'avertir que la douche était remplie. Il fit demi-tour en découvrant le trouble qui agitait le jeune soldat.

Chapitre quatre

Il était à peine sept heures et demie lorsque la Golf d'Alain Mény s'arrêta devant le commissariat pour déposer Cadin. Le commissaire Périni était engoncé dans son fauteuil, les yeux mi-clos. Il releva le menton au passage de l'inspecteur.

— Déjà en piste, Cadin ! Vous pouviez prendre un peu de temps après la nuit que vous avez passée...

Pour toute réponse l'inspecteur fit claquer l'enveloppe contenant les photos sur le bureau.

— Regardez un peu ce qu'il y a là-dedans.

Périni se mit en appui sur les accoudoirs pour soulever son buste. Il secoua l'enveloppe afin d'en extraire les tirages qu'il examina un à un.

— Plutôt mignonne cette petite... Une de vos connaissances ?

Cadin serra les dents pour ne pas l'insulter.

— Le nom de cette fille, c'est Monique Werbel. C'est elle que j'ai retrouvée morte la nuit dernière, cité République. On la faisait chanter, elle ou son mari, avec ces saloperies-là...

Périni se lissa le crâne du plat de la main en bâillant.

— Oh là… Ne vous emballez pas si vite ! J'ai eu le labo en milieu d'après-midi. Ils ont cuisiné vos deux clients, en procédure d'urgence… Selon toute vraisemblance Claude Werbel a supprimé sa femme dans le salon puis il l'a transportée sur le lit, dans la chambre. Un dernier signe d'amour… ils ont retrouvé des traces de sang appartenant à sa femme sur ses vêtements. Ensuite, il s'est fait justice. L'arme qu'il tenait serrée dans sa main est celle qui a tiré les balles qui les ont tués, lui et sa femme. Nous aurons les conclusions officielles des autopsies après-demain au plus tard… J'espère boucler mon rapport avant la fin de la semaine et classer l'affaire.

— Mais ces photos… On a un mobile…

Le commissaire se mit debout. Il effectua quelques exercices d'assouplissement pour se dégourdir les jambes et s'étira.

— Écoutez, Cadin, vous pouvez toujours me demander de les joindre au dossier… Ça détendra les gars des archives…

— Vous êtes sérieux ou quoi ? On doit au moins essayer de savoir qui faisait circuler ces clichés. Et dans quel but…

— Vous êtes bien gentil, Cadin, et en plus, vous êtes fidèle à votre réputation de fouille-merde… J'ai lu les rapports des PJ de Lille et Strasbourg à votre sujet… Vous ne m'accrocherez pas de gamelle : ici, nous sommes affligés d'un amour irraisonné pour les histoires simples. Pour tout vous dire, plus c'est simple, plus c'est limpide, et plus ça me plaît ! Vos photos pornos, c'est du réchauffé… Ça traîne partout… Faites une expérience : allez fouiller les vestiaires, au sous-sol… Vous serez surpris de ce que vous remonterez à la surface ! Et ensuite, relativisez les choses en vous souvenant que vous êtes du côté des défenseurs de l'ordre…

Cadin ramassa un cliché sur le bureau et le brandit devant les yeux de Périni.

— Vous les aviez déjà vues ? Oui ou non ?

— Calmez-vous, Cadin… Vous n'avez pas mis longtemps à mettre la main dessus. Je tiens à vous féliciter, vous êtes un as… Vous vous y êtes pris comment, si ce n'est pas indiscret ?

— Non, je n'ai pas à avoir de secrets pour vous… J'ai rencontré un reporter de Radio-Top 93, Alain Mény… Il m'a mis en rapport avec un de ses amis, un photographe de « Courvilliers-Informations » dont je ne connais que le prénom : Patrice. C'est lui qui possédait ce jeu de photos.

Périni s'approcha de l'inspecteur et lui passa un bras sur les épaules dans un geste qui se voulait amical.

— Patrice et Mény… Vous êtes bien tombé ! Ici on les a surnommés Matrice et Pény ! Il faut avouer qu'ils font bien la paire… Le premier avec son ensemble cuir moulant et l'autre avec sa gueule d'intellectuel et ses lunettes de trotskyste…

— Ils n'ont pas l'air plus pédés que la moyenne…

La main de Périni exerça une pression accentuée sur l'épaule de Cadin.

— Je n'en sais rien, et pour être franc, je m'en fous ! Ils se sont accrochés cette réputation en publiant un article, l'année dernière, alors qu'ils faisaient encore équipe, sur un groupe homosexuel de la région. Un curé avait été jusqu'à mettre une salle paroissiale à la disposition des pédés. Au début tout le monde croyait à un bobard, mais l'évêché a effectué une enquête et le curé a été déplacé… À mon avis vous devriez vous tenir à l'écart de ces deux gus-là si vous ne voulez pas qu'on vous classe dans la même catégorie… D'autant que vous êtes encore célibataire… Passé trente ans, ça fait jaser…

Cadin se dégagea de l'étreinte et il rassembla les photos.

— Pour les clichés, je crois que vous avez raison, commissaire : je vous demande de les joindre au dossier.

Périni serra les poings, seul effet visible de l'effort qu'il faisait pour contenir son aversion pour Cadin.

— Ça sera fait, si vous y tenez. Mais à compter de cet instant je vous donne l'ordre de lâcher l'affaire Werbel. Je croyais avoir eu l'occasion de vous signaler que je m'en chargeais personnellement… Les nuits sont longues et éprouvantes, vous feriez mieux de profiter de vos journées pour dormir…

Cadin quitta le bureau. Dans le couloir il tomba nez à nez avec Mernadez qui finissait d'ajuster son uniforme.

— Bonsoir, brigadier… En forme pour attaquer la nuit ?

— Oui, une fois qu'on a pris le rythme, c'est presque plus agréable que d'assurer la journée.

— En plus, ça vous laisse du temps pour taquiner la muse…

Mernadez rosit instantanément et prit la pose d'un adolescent fautif.

— Qui vous a dit que j'écrivais, inspecteur ?

Cadin évita de citer sa source en repensant à la réputation dont on affublait Alain Mény.

65

— Peu importe… Mais ça me plairait de lire vos textes… À l'occasion, pensez à m'en apporter deux ou trois…

Il s'en voulut aussitôt de cette proposition sans trop savoir quel intérêt l'avait poussé à la faire : paraître moins distant, s'assurer une sympathie, un appui à bon compte… Mernadez s'enhardit.

— J'ai publié plusieurs poèmes dans « L'essor de la police », je vous en ferai des photocopies. Vous écrivez aussi, inspecteur ?

Cadin songea aux sentiments aimables qui devaient agiter le flic de base procédant à la cueillette de débris humains dans le périmètre d'un attentat ou tapant la déposition d'une gamine violée dans un train…

— Non, je n'ai jamais eu beaucoup d'imagination…

L'arrivée de Léonard lui fournit l'occasion de sortir du pétrin dans lequel il s'était fourré. Léonard fila dans le vestiaire se débarrasser de son jogging et de ses baskets. Cadin lui emboîta le pas.

— Je viens de m'envoyer douze bornes ! Tu devrais venir avec moi, Cadin, ça met d'aplomb…

— On verra, je ne dis pas non… Je peux te poser une question ?

Léonard prit une serviette dans son casier métallique et se dirigea vers la douche.

— Ouais, vas-y.

— La nuit dernière, tu étais au courant des activités du couple Werbel ? Pourquoi ne m'as-tu rien dit ?

— Quelles activités ? Tu parles de quoi ?

Sa voix sonnait faux et il gardait la tête tournée contre le mur de céramique, les yeux fixés sur la pastille de cuivre par où s'écoulait l'eau sale.

— Leur association d'entraide… Tu as pas mal de contacts avec les communautés arabes. On devait causer d'eux, non ?

— Ce n'est pas ça qui me branche le plus, inspecteur… Moi, je m'intéresse aux petits trafics, au deal… On a peut-être prononcé leur nom devant moi, un jour ou l'autre, mais je n'ai pas dû y faire trop gaffe…

Il se forçait à prendre un ton détaché afin d'atténuer le début d'aveu. Cadin, de son côté, fit semblant d'être dupe. Il attendit que Léonard se mette en tenue et ils remontèrent ensemble au premier étage pour la prise de service. L'inspecteur se bloqua derrière sa table et se plongea dans la lecture des rapports annuels d'activité rédigés par le commissaire Périni, que ce dernier était tenu d'envoyer à la Direction de la police judiciaire. Le premier rapport qu'il prit sur la pile datait de 1973, année de la prise de fonction de Périni à Courvilliers. Pour marquer son emprise sur la ville, Périni s'efforçait de donner à son devoir un tour personnel :

« Avant d'analyser les diverses formes de délinquance, il est bon de décrire sommairement la physionomie de Courvilliers et définir notre action. La ville est divisée en trois zones :

1) À l'est, le vieux pays et l'ancien centre ville avec ses villas cossues, les maisons des anciens cultivateurs,

2) au nord, la zone industrielle principalement constituée par l'usine Hotch, quartier dépourvu de commerces et d'habitations,

3) à l'ouest, les cités ouvrières et la rue de la Gare où sont concentrés les commerçants de Courvilliers… »

Les années suivantes Périni se contentait de lister les types d'activités délictuelles, d'en préciser le nombre et de dégager le pourcentage de variation d'une année sur l'autre.

La soirée débuta tout aussi calmement que la précédente. Le thermomètre accusait une baisse sensible et les 15 degrés de cette nuit d'août n'incitaient pas à la flânerie dans les rues. Cadin faillit s'endormir, dans le calme de son réduit. Mernadez l'empêcha de piquer du nez lorsqu'il fit irruption dans le bureau, un peu avant minuit.

— Inspecteur… Ça a l'air de bouger aux portes de l'usine…

Cadin émergea de sa torpeur.

— On va aller voir ça de près… Qu'est-ce qui bouge ?

— La dernière équipe… Ils se sont rassemblés avant de rentrer. Tout le service de sécurité de chez Hotch a rappliqué en face.

L'inspecteur prit sa veste accrochée au revers de la porte et glissa son arme dans l'étui qu'il portait légèrement décalé dans le dos. Il cogna la cloison du bureau de Léonard au passage.

— Debout là-dedans. On va prendre l'air.

Léonard émergea de la pièce en traînant les pieds.

— Je suis vraiment indispensable ? J'ai un coup de pompe, je préférerais que tu emmènes Mimosa ou Mernadez…

— La prochaine fois tu te réserveras le marathon pour la nuit ! Un tour dehors, ça te remettra. Habille-toi, je t'embarque…

Le flic ramassa son képi d'un geste nerveux et il se propulsa dans les escaliers. Il s'installa au volant de

68

la R 12 et mit le cap sur la zone industrielle, passant les vitesses sans prendre le temps de débrayer à fond.

— Hé ! Doucement ! Il faut qu'elle nous ramène…

La voiture contourna l'hôpital, longea la ligne du RER en tranchée ouverte et s'engagea sur la large avenue rectiligne qui finissait en cul-de-sac sur les bâtiments de Hotch. Le corps de l'usine était séparé de l'avenue par un terrain nu d'une centaine de mètres de large, équipé çà et là de parkings pour les cars et les voitures. Une mince bande d'asphalte courait autour de ce no man's land, à l'immédiat intérieur d'une clôture grillagée surmontée de barbelés. Le faisceau jaune des phares accrocha la silhouette d'un vigile qui filait en moto sur le chemin de ronde.

Le rond-point situé devant l'entrée principale était noir de monde. De nombreux ouvriers revêtus de leur tenue de travail se mêlaient à d'autres, l'équipe de relève, encore en tenue de ville. Cadin et Léonard remarquèrent l'absence de pancartes, de drapeaux, tout ce qui accompagne d'habitude les meetings. Et surtout le silence.

Une camionnette munie de haut-parleurs muets stationnait près de la guérite abritant les machines à pointer et les casiers de fiches de présence. Ils demeurèrent plusieurs minutes, assis dans la voiture, à observer la foule immobile et calme. Cadin descendit le premier. Il fit une dizaine de mètres et eut très vite conscience de sa solitude. Il se retourna vers la R 12.

— Qu'est-ce que tu fous ? Tu arrives !

Léonard s'extirpa du véhicule marquant sa réticence d'un alourdissement de ses gestes.

— Je viens… T'énerve pas !

Ils comblèrent la distance qui les séparait du ras semblement. Ils jouèrent des coudes pour accéder à la guérite. Leur passage provoquait une réaction d'hostilité qui allait grandissant. Les dos, les épaules se bloquaient, les emprisonnant dans une nasse humaine à cinq mètres de la camionnette. Le képi de Léonard tangua sur son crâne avant de voler et de tomber à terre. Il n'amorça aucun geste pour tenter de le rattraper et se contenta de jeter un regard inquiet à Cadin. La sono donna de la voix.

— S'il vous plaît, camarades, laissez-leur le passage.

Ils ne distinguaient que la calvitie intégrale du type qui venait de parler, assis dans la cabine du véhicule, un micro à la main. La pression des corps se relâcha et ils parvinrent au premier rang. Le gars était descendu récupérer le képi qu'il tendit à Léonard.

— Il faudra le décabosser, mais je ne pense pas que ce soit irréparable.

La voix était plus chaude que celle qu'un moment plus tôt la sono amplifiait. Elle émanait d'un petit homme rond au crâne lisse et cuivré. Il était habillé d'un costume strict, sombre, et portait une cravate. Ses chaussures, semelles épaisses et talonnettes devaient lui donner l'impression de marcher sans toucher le sol. Léonard prit son képi, il entreprit de le brosser et de le remettre en forme. Cadin exhiba sa carte tricolore.

— Inspecteur Cadin. Vous pouvez me dire ce qui se passe ici ?

— Rien d'inquiétant, rassurez-vous… Ils tiennent à rendre hommage à Claude Werbel… Ils ne vont pas tarder à rentrer. C'est vous qui avez découvert les corps ?

L'inspecteur ignora la question.

— Qui êtes-vous ?

— Moi ?

Il avait posé sa main sur sa poitrine.

— Il me semble que c'est à vous que je m'adresse !

— Govil, Gérard Govil… Je dirige la Bourse du Travail de Courvilliers… Je pense que ce sera suffisant pour justifier ma présence ici à cette heure… Par contre, vous auriez pu vous dispenser d'amener ce flic avec vous…

Le mouvement de tête désigna Léonard qui s'efforçait de maintenir son attention sur les bosses de son képi.

— Vous faites peut-être la loi dans votre Bourse du Travail mais pas encore au commissariat de Courvilliers ! C'est vous qui avez organisé ce rassemblement ?

— Non. Ils se sont passé le mot dans la journée… Personne n'est derrière… C'est spontané.

Ils furent interrompus par des cris auxquels succédèrent des bruits de cavalcade. Le syndicaliste se haussa sur la pointe des pieds puis il escalada le marchepied de la camionnette. Les deux policiers choisirent de suivre le mouvement qui aspirait la foule vers l'avenue. Deux types au volant d'une CX rutilante avaient tenté de forcer le passage pour pénétrer dans la zone de sécurité de l'usine. Les vigiles regroupés près de leurs motos, derrière le grillage, menaçaient de venir leur prêter main-forte. Une multitude de mains fermement appuyées sur le capot interdisaient toute velléité de fuite. Des poings commençaient à marteler la carrosserie. Cadin eut le temps de voir un ouvrier qui se baissait près du pneu avant, un couteau ou un poinçon à la main. Un chuintement bref précéda l'affaissement du côté droit de la Citroën. Les deux passagers s'étaient tassés dans leur coque comme des animaux affolés et avaient verrouillé l'ensemble des portières.

— Hé, les gars, venez admirer les cadeaux que ces deux enfoirés apportaient à leurs copains !

Cadin se faufila au premier rang. Deux crosses de fusil et de nombreux manches de pioches dépassaient de sous une couverture kaki. L'inspecteur s'interposa.

— Police ! Reculez ! Et ne touchez à rien…

Les ouvriers reculèrent, dégageant la CX.

— … Vous deux, sortez de là-dedans. Toi, Léonard, tu les récupères. Emmène-les dans la fourgonnette. J'arrive.

Cadin referma le coffre de la voiture après avoir compté les manches de pioches. Il saisit les deux 22 LR et monta à son tour dans la camionnette. Léonard et Govil avaient fait asseoir les deux gars sur les banquettes arrière. L'un portait une tenue semblable à celle des vigiles, jean et blouson bleus, l'autre un ensemble d'été en toile légère.

— Montrez-moi vos papiers. Ceux de la bagnole aussi…

Les portefeuilles quittèrent les poches intérieures. Tout semblait en règle. Cadin nota la présence de deux cartes professionnelles délivrées par Hotch, agrémentées chacune d'une photo.

— Vous travaillez à l'usine ?

Celui qui portait la tenue d'été, et que l'inspecteur se souvenait avoir vu au volant, se décida à parler.

72

— Je suis responsable du service sécurité de l'entreprise.

Cadin examina la carte professionnelle.

— Vous vous appelez Pierre Molier. C'est bien ça ?

Il répondit en maintenant la tête baissée :

— Oui… Pierre Molier…

— Et vous, c'est Julio Pereira… Vous travaillez à la sécurité, vous aussi ?

Le gars fit jouer la fermeture de son blouson, pour se donner une contenance. Il parlait un français approximatif chahuté par un épais accent portugais.

— Oui, je travaille avec M. Molier, à la sécurité.

— Parce que vous estimez que forcer un barrage avec une cargaison de 22 LR et de matraques, c'est du boulot de maintien de l'ordre !

Molier se leva. Son crâne frôlait le toit métallique.

— Écoutez inspecteur : une bonne moitié des employés de mon équipe de sécurité ont un port d'arme qui sort tout droit des bureaux de la préfecture… Ils pourraient se balader avec un magnum au côté sans que vous ayez rien à y redire… C'est pas une malheureuse paire de 22 LR qui va faire problème…

— Ça dépend des circonstances…

— J'ai à peine trente hommes sous mes ordres… Regardez en face ! J'ai quand même le droit de prendre mes dispositions pour maintenir le calme…

Cadin s'étira pour repousser la fatigue.

— Qu'est-ce qui vous fait croire qu'il pourrait être troublé ?

— La mort de leur copain, Werbel. Il suffit qu'un groupe d'exaltés se saisisse du prétexte…

73

— En fonçant dans le tas avec votre cargaison vous aviez toutes les chances de le créer, votre groupe d'exaltés. Une chance que nous passions par là ! Maintenant je vous conseille de rentrer dans l'usine en laissant votre voiture ici. Vous la dépannerez demain matin. J'embarque les armes ; vous viendrez les rechercher au commissariat contre une petite signature au bas d'un reçu…

Gérard Govil avait été témoin de toute la scène qui avait mis ses nerfs à rude épreuve. Il explosa.

— Vous vous rendez compte de ce que vous faites, inspecteur ! Ce sont de véritables dangers publics…

Son crâne chauve avait pris une teinte violacée et de fines gouttelettes de sueur perlaient sur son front.

— Mais tout le monde veut m'apprendre mon boulot dans ce pays ! Rien ne me permet de les retenir. À la limite ce sont même vos amis qui se sont mis en défaut en bloquant leur voiture et en crevant les pneus. Vous avez vraiment envie que ça dérape ? À mon avis, il vaut mieux mettre la pédale douce, non ?

Pierre Molier et le vigile quittèrent la camionnette et gagnèrent discrètement la guérite qui donnait accès au territoire de Hotch. Gérard Govil les suivit du regard alors qu'ils atteignaient le chemin de ronde où ils furent accueillis par le groupe de motards.

— J'aimerais bien pouvoir vous rencontrer pour discuter de Claude Werbel… Demain si c'est possible…

Le syndicaliste se retourna.

— À quel titre ? Je croyais que c'était le commissaire Périni qui suivait cette affaire.

— À titre personnel. Quand on découvre un cadavre, on se sent des responsabilités particulières à son égard… Je vais vous surprendre, mais je pense qu'on travaille tous les deux sur le même matériau : des hommes, des femmes… Quelquefois il devient difficile de chasser certaines images de son esprit…

— Si ça peut servir à quelque chose je ne suis pas contre. Dans l'après-midi, ça vous va ?

Cadin laissa échapper un sourire.

— En fin d'après-midi alors… Je ne suis pas près de me coucher. Au « Chien qui fume »… vers six heures…

Soudain le ciel s'illumina. Un éclair aveuglant suivi d'un long roulement répercuté par la façade de l'usine. La pluie se mit à tomber instantanément, de grosses gouttes qui s'écrasaient au sol sans parvenir à détremper la lourde couche poussiéreuse. Le vent se leva puis le bitume, mis à nu, prit cette noirceur scintillante des nuits d'orages urbains. Les policiers n'attendirent pas une hypothétique accalmie. Ils se hâtèrent vers la R 12, leurs semelles claquant la surface des flaques naissantes, tandis que sur la place l'hommage à Werbel s'effilochait.

Cadin s'installa au volant. Il engagea la clef de contact et suspendit son geste, la tête brusquement tournée vers Léonard.

— J'ai besoin de comprendre. Qu'est-ce qui se passe avec ce mec, Govil… Vous vous connaissez ?

Léonard baissa les paupières, excédé.

— Je fais des rondes dans ce patelin depuis huit ans ! Je ne vois pas comment j'aurais pu éviter de le rencontrer !

— Ce n'est pas ce que je te demande. Je m'aper-
çois bien que tu traînes les pieds depuis le début de
soirée. Je ne t'ai jamais vu comme ça! Ce n'est pas
tout : dès que ce Gérard Govil t'a repéré, il a changé
de couleur. Il y a bien une raison...

Le policier ouvrit la portière, se propulsa dehors,

— Tu m'emmerdes!

et traversa la place désertée à grandes enjambées nerveuses. Cadin attendit un moment, les mains agrip-
pées au volant, les dents serrées, puis il s'élança à sa
poursuite, aveuglé par la pluie. La fatigue lui coupait
déjà le souffle quand il posa la main sur l'épaule de
Léonard.

— Fais pas le con, on rentre...

Léonard hésita. Il fit demi-tour. Il ne cessa de parler dans la voiture aux vitres embuées que Cadin
conduisait en silence, en traversant les quartiers
endormis de Courvilliers.

— Vous n'avez jamais fait attention à mon nom de
famille, inspecteur?

— Non. Tu as dû me le dire quand je suis arrivé
mais je t'avoue que ça m'est sorti de la tête.

Léonard était passé au vouvoiement comme si ce
qu'il avait à dire nécessitait la distance. Cadin se
retint de lui en faire la remarque.

— Léonard Majid... Majid, ça ne vous rappelle
rien? Pourtant ils l'ont écrit en assez gros dans les
canards... Il n'y avait que le prénom qui changeait :
Roger. Roger Majid, le fou à la mitraillette... Ça
vous revient maintenant? Je suis le frangin d'un tau-
lard... Tout le monde est au courant ici...

— Sauf moi. Je n'avais pas fait le rapprochement
et autant te dire que ça ne change rien pour moi... Tu

76

n'es pas responsable des conneries de ta famille! Qu'est-ce qu'il a fait, ton frère?

— Il a mitraillé un café algérien, à Saint-Denis, en 65… Il y a eu un mort…

La voiture longeait les parkings du supermarché. Un couple de clochards avait rassemblé des cartons d'emballage et l'homme les déchirait pour colmater le toit d'un abri de mauvaise fortune appuyé au local des caddies. L'inspecteur passa le revers de la main sur le pare-brise.

— Je croyais que tu étais d'origine algérienne?

— Du côté de mon père, oui… Ma mère était française. Lui, il est mort quand j'étais gamin, au moment de la guerre d'Indochine. J'avais six ou sept ans et je me souviens que c'est à partir de ce moment-là que tout a commencé à aller de travers… On était cinq mômes… il fallait vivre… On récupérait de la ferraille qu'on entassait dans le jardin, derrière la maison… On remontait des vélos à partir de vieux cadres et de pièces qu'on piquait sur des vélos pourris… Moi, on me chargeait de la peinture, des finitions… À l'école, on nous traitait de tous les noms, «chiftirs», «crouillats», «bicots»… On s'est vite habitués à vivre entre nous, en bande, et à nous défendre. À jamais rien laisser passer. À un moment Roger est parti faire son service, en Algérie. Quand il est revenu, deux ans et demi après, il n'était plus le même. Ils l'avaient complètement détraqué… Il avait des idées fixes, il voulait être cent fois plus français qu'un Français! Quand ça le prenait, il descendait dans un café arabe pour insulter les clients… En général tout le monde écrasait en attendant que ça passe… Ça m'est arrivé souvent d'aller le chercher... J'arrivais à le calmer... Puis ils l'ont enfermé une première fois en 1963 : il avait failli étrangler un môme de 18 ans qui l'avait regardé de travers... Il est resté six mois en psy, bourré de neuroleptiques. Le traitement a duré jusqu'en 65... Une épave... Après il devait se rendre à l'hôpital tous les quinze jours. Je l'accompagnais chez les dingues... J'avais une quinzaine d'années mais j'ai encore devant les yeux le moindre couloir, les visages des malades, ceux des toubibs... Les odeurs de médicaments, de lingerie souillée... J'appelais ça l'odeur du malheur...

— Il a arrêté ?

Léonard s'enfonça un peu plus dans le siège de la R 12.

— Une histoire avec une fille... Je la voyais de temps en temps à la maison. Elle travaillait dans un café kabyle de Saint-Denis, un couscous du côté de la gare... Ils sortaient ensemble, sans que ce soit le grand amour... Une rencontre de paumés... Un jour elle a cessé de venir. Après une engueulade. Roger s'est foutu dans la tête qu'elle l'avait plaqué pour un Arabe... Dès qu'il a eu ça dans le crâne, plus rien d'autre n'a compté pour lui. Il a laissé tomber son traitement, ses visites aux toubibs... Un soir j'ai entendu un flash spécial sur Europe 1... Roger venait de se faire arrêter après avoir mitraillé le café où travaillait sa copine... Un mort, cinq blessés... Ils l'ont pris sur le trottoir, il n'avait même pas tenté de s'enfuir...

Ils venaient d'arriver devant le commissariat. L'inspecteur gara la voiture devant la guérite déserte. Il laissa tourner le moteur.

— Ils l'ont enfermé pour de bon ensuite ? Je veux dire en psy…

— Les avocats ont plaidé la démence. Ça cadrait assez mal car Roger n'arrêtait pas de bosser en prison. Alors qu'il était rentré sans même le certificat, il s'est pointé dans le box des accusés avec son bac ! Moralité, il en a pris pour quinze ans.

— Quinze ans en 65 ou 66… Il est donc sorti ?

— Avec les réductions de peine pour bonne conduite, il est sorti en 78, après les législatives… Depuis, il a monté une petite boîte d'électronique, à Paris.

Mimosa pointa sa bedaine sur le seuil du commissariat. Il s'approcha de la portière avant gauche et se baissa à hauteur de la vitre.

— Vous repartez, inspecteur ? Inspecteur…

— Non, on reste là. Vous avez besoin de la voiture ?

Une goutte d'eau dévala le front du gros flic et vint se suspendre en tremblant à la pointe émoussée de son nez.

— Juste une minute. Une minute… Je vais faire une ronde au Vieux Pays… Vieux Pays…

Ils lui abandonnèrent la R 12 et grimpèrent les marches du perron.

— J'ai du mal à m'habituer à sa façon de parler. Il a toujours radoté comme ça ou c'est l'alcool ?

— Quand j'ai débuté à Courvilliers, il y a dix ans, ça faisait un sacré bail qu'il biberonnait ! Ce qui est sûr, c'est qu'il s'est conservé en l'état. La même gueule, le même bide… Une vraie montagne, et en plus on a droit à l'écho !

Les tâches de la nuit ne leur permirent pas de

continuer leur conversation. Cadin s'interrogea sur l'itinéraire de Léonard, sur l'intensité des combats qu'il avait dû livrer pour s'imposer comme flic à part entière dans une ville qui avait assisté aux exploits de son frère. Et qui n'oubliait rien comme le montraient les réactions de Gérard Govil et des ouvriers rassemblés devant le portail de chez Hotch.

Il traîna une partie de la matinée, espérant rencontrer le commissaire, mais Périni ne semblait pas pressé de prendre son service. La lassitude l'envahit. Il prit la rue Gambetta. Il faisait déjà chaud, l'eau de la nuit s'effaçait des rues et des trottoirs. Il s'arrêta au « Chien qui fume », avala un café au bar et fit sa provision de journaux. Le clou des chiottes était veuf de poésie. Il s'apprêtait à quitter le café quand un petit groupe de jeunes femmes stationna devant la devanture du troquet. L'une d'entre elles grimpa les deux marches et fila droit vers le comptoir des cigarettes. Cadin reconnut la fille qui la veille avait obtenu ce prix de beauté. Elle paraissait plus grande que sur scène, plus âgée aussi. Il s'approcha, décidé à lui parler, mais elle ramassait déjà sa monnaie. Il se contenta d'un départ parfumé et de la caresse cinglante de ses cheveux noirs sur sa joue quand elle tourna la tête pour ramener sa chevelure dans son dos.

L'appartement était vide. Le chat avait choisi de faire un tour. Son empreinte encore tiède se lisait en creux sur l'oreiller. Cadin l'appela.

— Chatka... Chatka..., puis s'engueula : Je deviens con ou quoi ?

Il commençait à s'attacher à cette saloperie de poils ambulants... Il s'allongea sans même se déshabiller et prit un des journaux empilés sur la table de nuit. Trois Américains venaient de découvrir le point G mais l'article ne précisait pas s'ils l'avaient découvert ensemble.

Il s'endormit en rêvant de chevaux.

Chapitre quatre

La douche était principalement constituée d'un vieux bidon d'essence, d'une contenance d'environ cent litres, qu'ils avaient hissé sur quatre montants en bois. Le mécano avait soudé une pomme de douche à la place de la bonde, ainsi qu'un robinet d'arrêt sur le court tuyau qui allait du bidon à la pomme. Une échelle bricolée avec les tubes d'une galerie de 203 permettait de grimper au-dessus du réservoir pour le remplir. On pouvait disposer d'eau tiède, ou d'eau chaude quand on avait la patience d'attendre que le soleil la réchauffe. Le caporal préférait l'eau chaude.

Elle lui rappelait ces après-midi d'été qu'il laissait filer, allongé sur le sable, uniquement préoccupé du passage des filles, de leur ombre caressante sur son corps... Il lui suffisait de fermer les yeux pour revivre cette balade à Rogliano, un village accroché au flanc du mont Poggio... pour que se dessine cette fille rencontrée près de la fontaine et qu'il avait embrassée et aimée, presque sans un mot. Ils s'étaient baignés dans l'eau de toutes les plages, de toutes les criques, d'Erbalunga à Marcinaggio... L'amour, pour la première fois, dans la montagne, et les yeux grands ouverts sur les cheveux de Soria qui ondulaient mêlés aux herbes couchées.

Un souvenir des temps simples, des temps de paix...

Il se déshabilla entièrement et fit un tas de ses vêtements maculés de sang, de sueur. Il les jeta devant le baraquement ; le paquet de linge souillé souleva un nuage de poussière en fouettant le sol. Le harki ramassa le linge tandis que le caporal, nu, se dirigeait vers la douche sous le regard amusé de la sentinelle.

Le harki pénétra dans le préfabriqué réservé au cantonnement. Il réapparut peu après, un bras replié devant lui sur lequel reposait une djellaba blanche qu'il disposa sur le sol, à proximité de la douche. Il prit soin de la protéger des courtes rafales de vent en lestant chaque coin du vêtement de pierres.

L'eau coulait en silence sur sa peau et matérialisait l'évidence de la fuite du temps... Un temps qui pourtant, ici, ne passait plus. Un temps de plomb... Huit mois depuis cette rencontre en Corse... Huit mois... C'est ce que lui disait le calendrier. Huit mois distordus, amollis, étirés... Des mois pareils à des éternités.

Il se laissa glisser contre la paroi de tôle et, recroquevillé sur le caillebotis grossier il se mit à murmurer son nom... « Soria... Soria... » tandis que l'eau noyait ses larmes.

Chapitre cinq

Les chevaux galopaient sur la crête, longeant la mer. Leurs sabots s'enfonçaient dans la terre humide et faisaient voler, s'arrachant au sol, des mottes recouvertes d'herbe grasse. Quelque chose comme un regard pouvait tourner autour de cette image en mouvement, en détailler les volumes aussi nets que ceux d'un hologramme. L'air vibrait autour des animaux, un cerne liquide pareil à celui qui convulse l'horizon, l'été. Il ne comprenait pas qui devait être le spectateur bien qu'il sache que c'était pour lui, et pour lui seulement que se jouait cette scène… Le doute lui était venu de cette ressemblance entrevue sur les traits d'un cavalier, et il tentait, dans le brouillard de la volonté, de saisir son regard.

Une sonnerie parasita sa quête, défaisant le galop. Les chevaux s'effacèrent, et la mer, et la crête… Cadin se releva, inquiet, puis se laissa retomber sur son oreiller. On insistait sur la sonnette de l'entrée. Il écarta les journaux, se mit debout.

— J'arrive !

Il ouvrit la porte. Un couple de jeunes gens se tenait sur le seuil. Il les avait déjà croisés dans des boutiques du centre commercial. La fille était jolie, un petit format surmonté d'une énorme boule de cheveux frisés. Des voisins probablement. Chatka profita de l'aubaine pour se faufiler à l'intérieur de l'appartement.

— Il y a un chat qui est entré chez vous…

— Oui, j'ai vu… Ne vous inquiétez pas, il habite ici…

La fille lui fit un sourire. Son compagnon s'avança.

— On ne vous dérange pas trop ?

Cadin bloqua un bâillement et s'essuya les yeux.

— Non… Plus maintenant… C'est pourquoi ?

La fille lui présenta un éventail formé de rectangles de papier colorés.

— On venait vous proposer la vignette de la Fête de l'*Humanité*…

Il eut besoin de plusieurs secondes pour assimiler le message.

— Heu.. Non, ça ne m'intéresse pas… En plus, je suis flic…

— Ce n'est pas une raison… Notre fête s'adresse à n'importe qui…

Cadin repoussa doucement la porte.

— Vous en trouverez d'autres… N'insistez pas.

Il traîna les pieds jusqu'à la cuisine et prit une boîte de pâtée pour chats dans le frigo. Le robot électrique venait de rendre l'âme. Il ouvrit la conserve à la main. L'odeur fadasse de la viande gélatineuse lui était insupportable ; il s'obligea à manier l'ouvre-boîtes les bras tendus pour éviter les effluves. Il posa ensuite, sans la démouler, la conserve sur le balcon. Chatka le suivit, la queue dressée. Il plongea son

85

museau en ronronnant, barbouillant ses moustaches de viande molle. Quand il passa l'extrémité de sa langue pour saisir les particules coincées dans les interstices de la soudure, la boîte racla sur le béton. Cadin l'observait en se confectionnant un sandwich au jambon. Il l'ingurgita, le nez enfoui dans ses journaux.

CIGARES PRÉ-CASTRISTES

Un millier de personnes ont participé hier à New York à la vente aux enchères de 20 000 cigares datant de 1957 et 1958, et acquis par la firme J.R. Tobacco *avant l'arrivée au pouvoir de Fidel Castro*. La boîte s'est vendue à 500 dollars en moyenne (environ 3 800 francs). Ces cigares, des Flor de Farachs.d, possèdent, selon le directeur de J.R. Tobacco, « des qualités que n'ont plus les cigares cubains modernes ».

Cadin plongea deux doigts dans son sandwich pour en extraire un morceau de couenne auréolé d'encre alimentaire violette. Il se fit la réflexion qu'un jour le petit-fils d'un Russe blanc aurait assez de culot pour fourguer au plus offrant un stock de caviar pré-soviétique ! Il lui restait à anéantir l'heure qui le séparait de son rendez-vous avec Gérard Govil. Il y parvint pour moitié en rangeant deux cartons de vaisselle et pour le reste en se préparant dans la salle de bains. Il rassembla le linge sale éparpillé dans l'appartement, l'entassa dans un sac poubelle qu'il déposa au pressing, en passant. Gérard Govil l'attendait devant un demi. Il avait pris soin de se bloquer au fond du troquet, une table invisible depuis la rue. Cadin le rejoignit après avoir commandé un café au bar.

— Je suis content de vous voir… Je me demandais si vous alliez venir…

Govil avait posé sa main à plat sur la table et tapotait du bout des doigts sur le carton coincé sous son verre.

— Je vous avais dit que je serais là… En règle générale je tiens parole… Vous aviez peur que je me défile ?

— Pourquoi aurais-je peur ? Non, mais vous n'ignorez pas que l'enquête est entre les mains de Périni… Rien ne vous oblige à me parler…

— Je n'ai rien à cacher à personne.

Cadin s'assit face au syndicaliste.

— Ce n'est pas si sûr : vous ne vous êtes pas mis en vitrine de peur d'être repéré en compagnie d'un flic. Le réflexe a joué…

Govil voulut l'interrompre.

— Non, ne vous excusez pas, j'ai l'habitude… J'ai besoin que vous me parliez de Claude Werbel… Vous le connaissiez bien ; vous étiez sur la même longueur d'ondes ?

— Pas tout à fait… Il travaillait en franc-tireur, il a toujours refusé de se joindre à nous. J'ai gardé un exemplaire des tracts qu'il faisait distribuer : les syndicats en prenaient pour leur compte ! Werbel n'a jamais eu confiance dans nos formes d'action ; pour lui elles étaient totalement inadaptées à la situation de Hotch.

— Qu'est-ce qu'il préconisait ?

— C'était un utopiste : il pensait qu'il fallait tout d'abord regrouper les ouvriers immigrés sur des thèmes culturels avant d'envisager la moindre action. Attendre... Attendre... Avec ça, il nous titillait depuis dix ans... Il n'est pas resté inactif, il s'est lancé dans des cours d'alphabétisation, de l'initiation musicale, du ciné-club... Il organisait des banquets pour les fêtes musulmanes ou le nouvel an vietnamien ! Il avait des idées sur tout...

— Ça marchait bien ?

— Il avait plus ou moins de succès selon les nationalités mais on peut dire qu'il a connu son maximum entre 1976 et 1980, quand les ateliers étaient presque entièrement composés de gars d'Afrique du Nord et de Turcs. Le courant passait entre eux et lui... Dès que Hotch a commencé à les virer pour faire de la place aux réfugiés du Sud-Est asiatique, le paysage a changé... Ceux-là, impossible de les approcher... J'ai l'impression qu'après ce qu'ils ont subi, il faudra laisser passer une génération avant d'en voir un au syndicat !

— Et du côté de la direction, il était perçu de quelle manière ?

Un néon fatigué clignotait au-dessus d'eux. Les brusques écarts lumineux se reflétaient sur le crâne lisse de Govil. Cadin laissa courir son regard dans le vague. Il perdait un peu ses cheveux, sur les tempes et, depuis quelques mois au sommet de la tête, la tonsure. Il ne s'en inquiétait pas et ne vérifiait les progrès du désert qu'à l'occasion d'un cadrage malheureux ou vachard, à la télé, quand l'œil de la caméra découvrait l'envers d'un présentateur vedette misant sur la jeunesse éternelle. Une histoire d'hormones, lui avait confié son coiffeur : la preuve, pas un eunuque n'est chauve !

— Il y a eu plusieurs phases… Werbel a débuté sur les chaînes de montage, il ne faut pas l'oublier. Il ne venait pas de nulle part… Il a fait l'expérience du système d'encadrement du personnel mis en place par Hotch. Ils ont un génie de l'organisation : Laubrard, le chef des relations humaines. Un roi de la manipulation. Dès que l'on met les pieds dans cette usine il vaut mieux s'inscrire à l'Association : c'est par son canal qu'on touche les primes de vacances, les primes de mariage, de naissance… sans compter tout un tas d'avantages comme les billets d'avion à prix réduit ; un truc important dans une tôle qui compte 80 % d'immigrés. L'usine est divisée en secteurs et les contrecoups servent de relais à l'Association. En fait ils quadrillent les ateliers… Ils se donnent un mal de chien pour avoir la paix… J'ai l'impression que même dans la police c'est plus respirable…

Cadin avala son café et récupéra le sucre déposé au fond de sa tasse avec sa cuillère.

— Si ça peut vous consoler, on n'a pas le droit de grève… Et franchement je ne vois pas ce que vous reprochez à une association qui passe son temps à vous verser des primes !

— Je n'ai pas l'ambition de vous convaincre… Mais vous devez savoir qu'ici chaque embauche est subordonnée aux conclusions d'une enquête de moralité menée par une boîte privée qui est, en fait, une succursale de Hotch ! En face de ce dispositif il n'y a rien eu pendant des années : dès que quelqu'un levait la tête, il se retrouvait sur le carreau. J'ai dû faire trois ans de travail clandestin, sans ouvrir ma gueule, avant de monter une section syndicale. Je croyais que le plus dur était fait ! Ils ne m'ont jamais plus lâché d'une semelle...

— Et Claude Werbel ? Comment a-t-il fait pour tenir le coup ?

— Dans un premier temps ses activités s'apparentaient plutôt à de l'animation culturelle. Personne n'y prêtait vraiment attention. Je pense même que la direction y trouvait son compte.

— Vous voulez dire qu'ils avaient partie liée ?

Gérard Govil se redressa vivement. Il abandonna le ton de la confidence.

— Ne me faites pas dire ce que vous souhaitez entendre ! Je pense seulement qu'à une époque donnée, à peu près jusqu'en 80, le travail de Claude Werbel servait objectivement la politique de paix sociale de la direction. Ensuite il a évolué. Par exemple lorsqu'il a voulu dénoncer le système de mouchardage mis en place par Laubrard.

— Quel système ?

— Le même que partout : la grande majorité des gars de l'usine habitent dans les cités de Courvilliers et celles des villes voisines... Des escaliers entiers sont occupés par des Hotch. Laubrard a ses informateurs là comme ailleurs... Chez les commerçants... Ils lui envoient des rapports contre une prime de trois ou quatre cents balles... Jusqu'aux femmes et aux enfants qui se méfient. Qu'un môme en jouant lâche que son père est au syndicat, Laubrard en est informé dans les deux jours !

— Vous en rajoutez pas mal, non ? Je vous ai vu à l'œuvre cette nuit et pourtant vous êtes toujours en place...

— Pour être franc, je ne sais pas ce qui me permet

de tenir ; j'ai souvent été à deux doigts de tout lâcher… On m'a déclassé, je suis redevenu OP 2 au lieu d'ouvrier hautement qualifié. Ils m'ont systématiquement isolé de tous mes copains ; il faut dire qu'il suffisait de m'adresser la parole pour se faire virer ! J'ai dû supporter un chronométreur qui vérifiait ma cadence huit heures par jour pendant un mois… Il faut être sacrément costaud pour supporter ça ! Un type payé à rien foutre, qui passe sa vie à vous regarder suer, à minuter vos gestes, à compter le nombre de fois où vous allez pisser… Des trucs comme ça, ça vous donne envie de vous flinguer… et des fois je me demande si ce n'est pas ça qu'ils cherchent…

— Werbel a subi le même traitement ?

— Dès qu'il a passé le trait, il y a eu droit… Il a compris le système Hotch quand deux de ses potes, des Marocains, ont disparu de la circulation, du jour au lendemain. On a eu de leurs nouvelles six mois plus tard : leurs noms figuraient dans la liste des accusés d'un procès politique, à Casablanca…

Cadin croisa ses bras sur le Formica.

— La direction de Hotch dans cette histoire ?

— Vous jouez les naïfs, inspecteur ? Vous n'allez pas me dire que vous ignorez l'activité des polices politiques étrangères en France… Il y a des flics marocains, algériens, tunisiens, portugais qui bossent chez Hotch. À une époque l'Association de Laubrard avait même une antenne portugaise officielle dirigée par un agent de la PIDE. Pareil pour les Espagnols avant la mort de Franco. À mon avis les deux Marocains ont été livrés par l'équipe de sécurité aux services d'Hassan II…

91

— Vous vous rendez compte de ce que vous avancez ? C'est grave comme accusations…

Govil ne put s'empêcher de sourire.

— Ne vous énervez pas, inspecteur ! Il y a plus de deux ans, c'était en 1980, que ces deux Marocains ont été kidnappés… J'attends toujours l'ouverture d'une enquête, d'une information judiciaire… Rien… Tout le monde s'en fout… Les dictateurs nous envoient du bétail à bosser… Pour les remercier on leur retourne les éléments non conformes ! Voilà ce qui a ouvert les yeux de Claude Werbel. À partir de ce moment il a mis la pédale douce sur les petites fêtes culturelles. Il s'est lancé dans la bagarre. Laubrard l'a fait fliquer à mort, comme moi, mais Werbel n'était pas du genre à supporter les coups sans tenter de les rendre… Il a voulu cogner…

— Il n'est pas venu vous voir ?

— Non, il avait ses méthodes… Sa première intervention a provoqué pas mal de remous : il a consacré ses vacances, en août 80, à un reportage sur les conditions d'embauche des Maliens. Il est parti là-bas. Il a réussi à assister au véritable marché aux esclaves organisé par Hotch pour se procurer de la main-d'œuvre à bon compte… les équipes d'enrôleurs qui se pointent dans les villages… les paysans rassemblés par la police locale… l'examen des mains, des muscles, des dents… puis le car, le bateau, et à la clef un contrat de six mois renouvelable ! L'enquête a été diffusée dans « Courvilliers Informations » grâce à une équipe de journalistes…

— Alain Mény et son photographe ?

Govil porta son demi à ses lèvres et se renversa en

arrière pour recueillir les dernières gouttes de bière. Il reposa le verre vide.

— Vous les connaissez ?

— Oui, j'ai eu l'occasion de les rencontrer… Ils m'ont permis de jeter un œil sur leur collection de photos… Werbel avait une bien jolie femme…

Il observa la réaction de Govil mais celui-ci ne se troubla pas. Cadin crut discerner un léger affaissement des pointes de la bouche comme si Govil marquait son dégoût.

— Si vous êtes au courant de tout, ça n'est pas la peine de continuer.

Cadin commanda deux bières.

— Je sais pas mal de choses mais ça ne signifie pas nécessairement que je parvienne à les lier entre elles ! Par exemple, vous n'arrêtez pas de me parler de Claude Werbel mais vous ne m'avez pas dit un mot sur sa femme, Monique. Pourtant, dans cette affaire, si nous avons une certitude, c'est bien que Monique Werbel a été tuée. Pour elle la thèse du suicide ne se pose même pas ! Curieux qu'on l'oublie ?

— Je n'ai jamais aimé remuer la boue… J'aimerais bien passer un quart d'heure avec l'enfant de salaud qui a mis ces photos en circulation ! On n'a pas réussi à le coincer, ça vaut mieux pour lui… Moi, je les ai reçues à la Bourse du Travail, fin juin ou au tout début de juillet… On a immédiatement pensé qu'il s'agissait de montages, mais pour le prouver c'est une autre paire de manches. On n'a rien dit à Werbel, mais il a vite été au courant… Ça lui est tombé dessus d'un coup… Je vous laisse imaginer l'ambiance dans les ateliers, les sourires entendus des chefs, les campagnes de graffitis dans les chiottes…

Dur dur… Surtout qu'ils avaient bien choisi leur cible : avant de se marier avec Claude Werbel, Monique travaillait comme secrétaire de direction, dans le service de Laubrard… Pas mal de bruits couraient sur son compte, depuis des années…

— Quels genres de bruits ?

Govil se dandina sur sa banquette.

— Les bruits habituels… Qu'elle couchait avec les patrons… Pas besoin de faire de dessins…

— Pas la peine. Vous avez su comment elle a réagi à l'apparition des photos ?

— Pas trop, non. Ils ont profité de l'occasion pour la virer de sa place de secrétaire ; depuis 1980 elle bossait au service d'approvisionnement. Directement au planning marchandises, un pool dactylo sur écran… Mais le pire, ça a été l'attitude de Claude : il s'est effondré comme s'il reconnaissait la véracité des photos… Leur couple s'est disloqué en un rien de temps. Dès la mi-juillet ils ne vivaient plus ensemble. Monique était hébergée par une de ses amies…

L'inspecteur se leva ; son organisme réagissait promptement à la bière. Dans un recoin des toilettes envahi par les annuaires, un jeune gars qui mimait des baisers devant le combiné du téléphone essaya, surpris par Cadin, de renouer la conversation avec sa correspondante sur un mode badin. Cadin se soulagea. Il tourna la tête vers le papier accroché au clou et reconnut immédiatement, par transparence, l'en-tête du commissariat. Il arracha les morceaux grossièrement déchirés puis reconstitua la feuille. Du poème ne subsistait que l'ultime quatrain. Les précédents avaient dû subir, peu avant, le supplice de la Trombe.

94

« *Enfin voici l'hélicoptère*
Qui, survolant de haut la terre,
Pourra servir d'observatoire
Pour surveiller le territoire. »

Il glissa le texte écartelé dans son portefeuille. La liste de noms trouvée sur le cadavre de Claude Werbel attira son regard. Cadin revint s'asseoir face au syndicaliste. Il lui tendit le carré de papier.

— Ces noms vous disent quelque chose ?

Gérard Govil plaqua la feuille sur le Formica, la lissa du plat de la main.

— Où avez-vous déniché ça ?

— Chez Claude Werbel. Qu'est-ce que ça a d'étonnant ?

— C'est la liste des candidats aux prochaines élections professionnelles, celles de septembre. Il y a les gars de Werbel, normal, mais ce qui l'est moins ce sont ces noms-là…

Son index droit frappa la partie inférieure du feuillet.

— … Ce sont nos nouveaux candidats… Personne n'est censé les connaître. Si la direction tombait sur ce document, elle s'arrangerait pour les muter ou les virer avant le dépôt officiel des candidatures… Jusque-là, ils ne bénéficient d'aucune protection légale.

— Le T et le S, au-dessus, en majuscules, vous savez ce que ça veut dire ?

— Il n'y a pas de syndicats dans la police ? T, c'est Titulaires, S, c'est Suppléants. Dans la colonne de droite il a inscrit les noms des candidats titulaires, dans la colonne de gauche ceux des candidats suppléants.

Cadin régla les consommations. Son sandwich de célibataire risquait de ne pas faire la nuit. Il poussa jusqu'au centre commercial, un fast-food dans la galerie marchande, encombré de caddies. Des familles se restauraient, leurs amoncellements de viande sous cellophane, de biscuits, de lessive, de couches à portée de regard, le tout baignant dans une lumière bleue et triste. Il commanda un Hit-Burger, des frites, un coca, passa le tourniquet de caisse et s'installa sous une télé qui diffusait des images ensablées du Paris-Dakar. Un couple de vieux poussa la porte vitrée alors qu'il attaquait son Hit. L'homme se dirigea vers le comptoir, la tête trop droite, frappant le sol de l'extrémité de sa canne blanche. Sa compagne, une vieille femme au visage fermé, le guidait, en retrait, une main posée sur l'épaule de l'homme. L'incroyable quantité de vêtements qu'ils portaient sous leurs manteaux d'hiver leur faisaient des silhouettes massives, contredites par la petite taille de leurs têtes. Cadin commençait à connaître les clodos sédentaires de Courvilliers, à force de les boucler pour la nuit, mais ceux-ci ne faisaient pas partie de son inventaire. La femme commanda deux menus types et tendit deux prospectus qu'on distribuait à la sortie du RER et qui valaient quelques francs de réduction. Elle empila les repas sur un plateau puis précédant l'aveugle se dirigea vers la caisse. Elle buta sur les barrières en nickel qui donnaient accès à la salle. La frontière stoppa sa marche. Visiblement elle ne savait qui abandonner un instant, de l'aveugle ou du plateau. Elle résolut le problème en collant l'infirme contre son dos afin qu'ils franchissent ensemble le tourniquet. Cadin réalisa l'absurdité de la tentative au moment où elle échouait. La poussée exercée par le ventre proéminent de la vieille sur la barre supérieure du tourniquet avait naturellement provoqué la brusque remontée de la barre inférieure dans le dos de l'aveugle. Il bascula vers l'avant, déséquilibrant sa compagne. Le plateau s'écrasa en premier sur le sol carrelé, suivi de près par le visage de la vieille femme. L'aveugle se maintint debout quelques fractions de seconde. Il lança ses bras vers le ciel, fouettant l'air de sa canne, gueulant sa détresse. Le violent mouvement imprimé au tourniquet par la chute de sa compagne le projeta en avant. Il effectua une culbute impressionnante et atterrit lourdement au milieu des hamburgers, des beignets huileux qui jonchaient le carrelage.

Cadin reposa son plat à peine entamé. Il s'éloigna vaguement écœuré. Mimosa profitait des derniers rayons de soleil de la journée qui chauffaient la façade du commissariat.

— Bonsoir inspecteur. Inspecteur... Le commissaire Périni m'a chargé de vous signaler que le rapport d'autopsie était arrivé. Qu'il était arrivé. Il est sur son bureau. Sur son bureau...

L'inspecteur se précipita vers le bureau du commissaire. L'institut médico-légal n'avait pas perdu de temps. Il ouvrit la première chemise cartonnée. Une série de clichés Polaroïd bleutés racontait la mort de Monique Werbel à la manière d'un roman-photo. Des vues de la chambre, du corps, des traces de sang, des vêtements maculés. Il connaissait déjà l'essentiel de ce qui était dit en regard des clichés… l'état civil, les mensurations, les caractéristiques… Il tourna la page. Le corps dénudé de la jeune femme et la mort signalée par un minuscule rond noir, là, sous le sein gauche. Il ferma les yeux sur les taches sombres, le pubis fléché, les mamelons auréolés… Et la mort sur les pages suivantes, dans les replis des chairs. Les côtes soulevées, ouvertes à la scie, les organes révulsés. Tout ce travail sinistre d'archéologue du crime traquant l'assassin dans les viscères de sa victime. Il parcourut les conclusions tapées en regard du corps supplicié. Le médecin légiste confirmait la thèse du meurtre. Un tir à bout touchant à l'aide du 7.65 retrouvé dans le poing fermé de Claude Werbel. La démonstration s'appuyait essentiellement sur l'angle de tir : la balle avait pénétré en angle, sur le côté gauche du sein gauche selon un axe que seul un gaucher candidat au suicide pouvait adopter. Monique Werbel était droitière. De plus, des points de poudre brûlée avaient été décelés sur le dessus de sa main droite, près du poignet. Il était donc à peu près certain que la victime avait tenté de repousser la main armée de celui qui l'avait tuée. Le dernier album photo qui serait jamais consacré à Claude Werbel était plus effroyable encore. Il avait fallu fouiller le crâne pour déterminer la trajectoire de la balle et établir ainsi la réalité du suicide. Tout concordait, la distance du tir, les importantes traces de poudre sur la main qui tenait le pistolet. Cadin lut le texte de l'expert. Il nota le taux élevé d'alcool dans le sang de Werbel, 1, 2 mg, un détail qui ne cadrait pas avec le portrait vertueux que lui avait dressé Gérard Govil. Il sursauta en découvrant dans la liste des particularités relevées par le médecin : « cicatrices anciennes (dix ans minimum) sur la face interne des poignets, provenant vraisemblablement d'une tentative de suicide antérieure ».

Périni avait toutes les raisons de pavoiser. Cadin imaginait sa jubilation à la lecture des rapports d'autopsie. Que lui restait-il aujourd'hui à part s'accrocher à ces quelques grains de poudre incrustés sous la peau de Monique Werbel ?... Il entendait déjà la réponse du commissaire :

— C'est pourtant évident, Cadin. Elle a tenté de dévier le tir au dernier moment, quand son mari allait la tuer... Elle s'est accrochée à son poignet et sa main a été arrosée !

L'inspecteur remit les dossiers en place. Les tiroirs du bureau n'étaient pas fermés à clef. Il ouvrit le casier supérieur. Le flingue de Werbel était posé sur une pile de formulaires, dans sa poche de plastique numérotée. Une fiche était agrafée au bord du sachet.

« Affaire Claude Werbel. Mardi 24 août 1982. 4 heures 08 mn. Arme découverte par l'inspecteur Cadin. Beretta. 952 Spécial. Calibre 7.65. Deux balles tirées. Six balles au chargeur. N° Z S 10351 1955. Arme provenant de l'Armurerie de la Place à Saint-Denis. Achetée le 12 juillet 1982 par Claude Werbel. Autorisation N° 27832 délivrée par préf. Bobigny le 3 juillet 1982 à Claude Werbel, membre du « Club Courneuvien de Tir Sportif. »

La première intervention de la soirée occupa Cadin

jusqu'aux alentours de minuit. Un homme blessé au visage par une décharge de chevrotine tirée alors qu'il passait devant un pavillon isolé de la route des Grands-Ponts. En recoupant la dizaine de témoignages fournis par les voisins et les passants, il reconstitua le film des événements. Le futur blessé, occupé à promener sa chienne, était passé devant le pavillon alors que le propriétaire sortait son chien. Le mâle avait voulu profiter de l'aubaine. Bien que la chienne parût consentante, son maître avait chassé l'intrus à coups de pied. Mais le chien redoublant d'audace et de désir il n'avait pu l'empêcher de couvrir sa chienne. Fou de honte d'être ainsi trompé en plein air il avait couru chez lui pour revenir en brandissant un fusil de chasse. À force de gesticulations le coup était parti, le blessant au visage. Léonard le fit transférer à l'hôpital de Villepinte. Cadin regagna son bureau. La fatigue lui pesait sur les épaules. Il se laissa tomber sur sa chaise, la tête renversée, le nez pointé sur le plafond, les bras ballants, et demeura ainsi immobile de longues minutes sans penser à rien. Mernadez fit irruption dans la pièce.

— On vient de nous signaler un accrochage rue Linné. Il semble qu'un gars soit salement amoché… J'envoie Mimosa ?

L'inspecteur s'étira.

— J'ai besoin de prendre l'air. J'y vais. En passant demandez à Léonard de préparer la voiture.

Les flics municipaux les avaient précédés. Leur voiture, tous phares allumés, bloquait la rue Linné et les faisceaux jaunâtres éclairaient le fond de scène du Rio, deux grands rideaux rouges aux plis ombrés peints sur dix mètres de hauteur. C'était là tout ce qui restait du cinéma de Courvilliers, un trompe-l'œil usé entrouvert sur un tas de gravats. Leur chef, Bob, s'approcha de la R 12. Il se baissa vers la fenêtre que Cadin manœuvrait. Son foulard se souleva légèrement et l'inspecteur aperçut un trait de chair boursouflée, lumineux.

— Il y a un blessé sérieux. J'ai demandé le SAMU…

Cadin sortit de la Renault.

— Qu'est-ce que vous foutez là ! Qui vous a prévenus ?

Il remarqua les mouvements désordonnés des pupilles de l'ancien para-commando.

— Personne. On est tombé dessus au cours d'une ronde. La fille qui conduisait a accroché un cycliste en le doublant… Le gars a dû faire un écart… Perdez pas votre temps avec ça…

— Dégagez la route immédiatement. Où est la fille ?

Bob leva le menton vers le trottoir de gauche.

Elle était de dos mais Cadin la reconnut instantanément grâce à ses longs cheveux dont il gardait la caresse en souvenir. Il traversa la rue.

— C'est vous qui conduisiez la voiture ?

Elle lui fit face et détailla le visage de l'inspecteur avant de répondre. Il pouvait pratiquement sentir le déplacement de son regard sur ses propres traits. Il n'avait jamais encore posé de question à une miss. La jeune femme ouvrit légèrement la bouche, ce qui eut pour effet d'accentuer les creux de ses fossettes.

— Oui.

— Vous étiez seule ?

Elle hésita.

— Non, j'étais avec deux copains…

101

— Où sont-ils ?

Elle haussa les épaules, les yeux écarquillés.

— Je ne sais pas... Ils sont partis... C'est l'autre policier, celui avec la casquette plate, qui leur a dit qu'ils pouvaient s'en aller...

Léonard tapa sur l'épaule de Cadin pour attirer son attention. Il colla les lèvres à son oreille.

— Je viens de parler au blessé. Selon lui la voiture a ralenti à sa hauteur. Le conducteur l'a volontairement coincé contre le trottoir.

— Il a bien dit « le conducteur » ?

— Oui, pourquoi ?

— Comme ça... Il est quoi ton blessé ?

Léonard fronça les sourcils.

— Il est quoi ? Il est blessé aux jambes...

— Non, je te demande s'il est français !

Le visage de Léonard s'illumina.

— Quelle bande de cons ! Il est pied-noir... La gueule bronzée, les cheveux frisés... Ils l'ont pris pour un Arabe !

Le SAMU embarqua le blessé. Léonard se chargea de ramener la voiture de Maryse au commissariat tandis que Cadin prenait la miss à son bord. Une surprise de taille les attendait au moment de rédiger le procès-verbal : le véhicule qui avait provoqué l'accident, la Visa de Maryse, appartenait aux usines Hotch. Cadin replia la carte grise qu'il tenait entre ses mains.

— Vous faites quel genre de travail chez Hotch ?

— Je suis employée au service planning des matières premières. Je m'occupe de vérifier les stocks sur ordinateur... Pourquoi, ça vous intéresse ?

Elle s'était assise, les jambes croisées très haut, le

dos cassé sur le dossier de la chaise, la poitrine en avant. Cadin laissa errer son regard.

— Assez, oui… C'est normal qu'une employée de planning se balade au petit matin avec une voiture de service ? Vous faites des heures supplémentaires ?

Elle se tortilla sur son siège.

— C'est la voiture d'un copain… Il me l'avait juste prêtée pour faire un tour en boîte, à la Diligence… Je devais la ramener vers minuit, devant chez lui…

— Il risque de s'impatienter.

Elle se mit à bâiller sans prendre soin de masquer sa bouche. Cadin remarqua deux dents noircies, dans le fond.

— Vous n'auriez pas un peu de café, je tombe de sommeil.

Il aurait rabroué n'importe quel suspect qui se serait permis ce genre d'attitude mais elle lui faisait de l'effet. Il se tourna vers Mimosa qui somnolait derrière le comptoir.

— Tu peux faire du jus pour tout le monde… (puis fixant la fille :) Alors, vous me racontez la suite ?

— Oh, c'est simple comme bonjour. À la Diligence je suis tombée sur une bande d'amis. On a bu pas mal, on a traîné jusqu'à près de deux heures du matin… Je ne me sentais pas assez nette pour prendre le volant et un des gars a proposé de me déposer chez moi et de garer la voiture devant chez Molier.

Cadin sursauta.

— Devant chez qui ?

Maryse tenta de se reprendre.

— Je ne sais pas, moi… Il voulait la garer devant l'usine…

103

— N'essaie pas de jouer au chat et à la souris. De toute façon, une bagnole, ça a une histoire et je serais vite arrivé à mettre un nom sur celui qui s'en occupe… Comme ça Molier te passe sa voiture de service… Tu choisis bien tes protecteurs, petite, tu iras loin ! Il te la prête souvent ?

— Posez-lui la question. Je suis crevée… Je travaille demain, laissez-moi partir.

— Il va falloir te faire une raison, il reste encore un peu de place en cellule… Si tu ne veux pas dormir ici, tu me dis le nom de celui qui conduisait la voiture quand le cycliste a été poussé dans les décors. À toi de choisir si je te fais inculper pour complicité.

Elle but en silence le café que Mimosa venait de poser devant elle, près de l'Olympia sur laquelle frappait l'inspecteur. Elle jeta le gobelet en carton dans la poubelle et se leva.

— J'en ai marre de vous entendre, ça me casse la tête. Où est-ce que je peux dormir ?

Mimosa la guida vers la cellule. Elle se coucha en chien de fusil sur la banquette de bois. Ses talons cliquetèrent sur les barreaux métalliques quand elle allongea ses jambes. Le gros flic s'approcha de Cadin.

— C'est dommage, une belle fille comme ça. Une belle fille comme ça…

L'inspecteur leva les yeux vers lui, découvrant que cette masse informe surmontée d'un gyrophare aviné pouvait être touchée par la grâce. Il termina la frappe du rapport dans la salle d'accueil puis remonta dans son bureau. Léonard partit vérifier les déclarations de Maryse. Il revint alors que le jour se levait.

— Elle n'a pas raconté de salades : on l'a vue se

pointer à la Diligence vers dix heures et demie. Elle a passé la soirée avec des types du service sécurité de chez Hotch, des habitués. Ils étaient trois ou quatre à faire la fête… Le patron les a vus partir un peu avant deux heures.

— Tu as leurs noms ?

— Il connaît les gars mais pas leurs noms. Le coup classique. À mon avis on ne devrait pas rencontrer trop de difficultés pour les coincer. Sinon, c'était bien la caisse de Molier ?

Cadin plaqua ses paumes sur ses joues, les pouces sous les maxillaires, et se frotta les yeux du bout des doigts. Il renifla.

— On verra demain… Elle s'est piégée toute seule… À part ça je voulais te dire que Périni a reçu les rapports d'autopsie. J'ai bien l'impression de filer sur une mauvaise piste.

— Déjà les rapports ! Il se démerde toujours aussi bien…

— Comment ça « il se démerde toujours aussi bien » ? On peut compter sur les analyses ou non ?

Léonard se leva pour fermer la porte.

— Je pense que oui… Mais vous ne trouvez pas bizarre que Périni obtienne ses rapports d'autopsie en moins d'une semaine alors qu'en règle générale il faut attendre entre quinze jours et un mois ?

— Il est peut-être bien branché avec les toubibs de l'institut…

— Comment avez-vous deviné ?

— Le hasard, Léonard. Il les arrose ?

— Pas directement… Le patron du laboratoire est corse, lui aussi. Des environs de Bastelica. Il a deux casquettes : employé de la préfecture d'une part, expert privé de l'autre. Si on confie l'autopsie à l'employé de préfecture, le travail fait partie de sa mission quotidienne pour laquelle on le paie. Moralité il y en a pour un mois ! Si par contre on s'arrange pour que le juge d'instruction désigne l'expert privé, il y a une prime à la clef : une brique par cadavre ! Et le même boulot est exécuté en deux jours.

Chapitre cinq

Comment leur expliquer, à tous, ce qui s'était brisé en lui. Il leva la tête vers le soleil de mai qui irrisait les gouttes d'eau. Un soleil de printemps plus vif que celui de ce dernier été corse. Tout s'était joué dès leur première semaine algérienne, près d'Oran, après deux mois d'instruction en métropole. Il s'était retrouvé dans une compagnie « sensible » comme disait le colonel, composée pour l'essentiel d'appelés originaires de la banlieue parisienne, des gars de chez Babcock, de chez Simca... Des chaudronniers (la bande des chaudracs!), des ajusteurs, des manœuvres qui avaient quitté le bleu de l'usine pour celui de l'armée. Qui marchaient au pas en traînant les pieds... Il avait surpris des conversations, la nuit dans le dortoir. Plus d'un qui s'interrogeait sur ce qu'il ferait, déguisé en soldat, lorsqu'il se retrouverait face à un maquisard algérien.

Il sortit de la douche et s'allongea sur le sol, nu. Un paysan poussait ses moutons vers le village, en contrebas. Le vent glissait sur son corps, faisant ressurgir des souvenirs de caresse. Il refusa de s'y abandonner.

Celui qui semblait alors avoir le plus d'influence sur la troupe était un Breton, un instituteur de Saint-Denis, qui profitait du moindre temps de repos pour prendre des notes ou écrire des lettres de dix, quinze pages, un cas unique, pour prendre date, disait-il. Le caporal avait essayé de sympathiser, d'entrer en contact avec lui. Les paras ne lui en avaient pas laissé le temps. Ils étaient arrivés le vendredi après une semaine passée à ratisser les environs de Souk-Lémal. Les bidasses étaient comme au zoo. Un des camions était bourré de prisonniers, une vingtaine de fellahs apeurés dont le plus jeune n'avait pas quinze ans. Des blessés aussi, livides, les chairs à vif. L'instituteur se tenait debout, au premier rang, les poings serrés. Les « longues casquettes » charriaient leurs prises vers un bâtiment situé dans le fond du camp. Il s'était avancé alors qu'un para tirait un blessé hors du camion et lui ordonnait de rejoindre le gros de la troupe.

— Il faut le conduire à l'infirmerie. Vous ne voyez pas qu'il a le ventre ouvert ? Il va mourir si on ne le soigne pas rapidement...

Le para se contenta de dévisager l'instituteur en souriant et, d'un coup de ranger, il propulsa le blessé vers l'avant.

La journée s'étira en conciliabules. Certains parlaient de libérer les blessés, de téléphoner en France, d'alerter la presse, les organisations humanitaires, mais aucun n'alla plus loin comme s'ils avaient pris conscience que le pas qu'ils franchiraient ainsi les projetait dans l'inconnu.

Le lendemain midi trois paras firent irruption dans la cantine. Le caporal mangeait son assiette de hachis parmentier, à trois places de l'instituteur. Il reconnut le para qui la veille molestait les prisonniers et qui longeait le banc en dévisageant les soldats. Il s'arrêta devant le Breton.

— *Tiens, on se retrouve! C'est bien toi qui prenais la défense des crouilles? On dirait que tu as de l'appétit...*

L'instituteur se força à garder la tête penchée au-dessus de son assiette. Ses mains s'étaient mises à trembler et son visage avait soudain blanchi. Le para reprit du même ton monocorde :

— *Tu n'es pas obligé de me répondre... Je suis juste venu t'apporter un petit supplément...*

Il sortit un mouchoir maculé de sang de sa vareuse et en déplia lentement les bords. Des bourses humaines, ridées, les poils durcis par le sang séché, apparurent au milieu de sa paume. Il retourna la peau pour en extraire les testicules puis les détacha de leur enveloppe de chair à l'aide de son couteau.

Le silence s'était fait, absolu, et l'ensemble des appelés fixaient les deux noix sanguinolentes que le para venait de fendre par le milieu et de jeter dans l'assiette de l'instituteur.

— *Tiens, tu les apprécies tellement, les ratons, que tu dois aimer leur bouffer les couilles!*

Le Breton prit appui sur la table et tenta de se lever.

— *Espèces d'ordures... Assassins...*

Mais les deux autres paras bloquèrent sa sortie et le forcèrent à se rasseoir. L'un d'eux lui braqua son flingue sur la tempe.

— *Tu as compris ce qu'on te dit? Mange!*

— *Jamais... Tu peux me tuer sur place...*

Il se mit à remuer la tête en tous sens. Le para qui avait les mains libres l'attrapa par la nuque et lui écrasa le visage dans la purée. Il le souleva à nouveau pour lui enfoncer un testicule dans la bouche, profitant de ce que l'instituteur reprenait son souffle. Il lui bloqua les mâchoires.

— Tu vas y arriver à tout bouffer, tu verras... T'es pas le premier, va, on en a vu de plus coriaces..

Le matin suivant, lors de l'appel, le Breton s'avança vers le drapeau. Personne n'osait lever le regard sur lui. D'un geste lent il balança une grenade dégoupillée au pied du mât et, tout le monde s'éparpillant, il se mit à genoux puis couvrit la grenade de son corps.

Comment leur expliquer, à tous, ce qui s'était brisé en lui.

Chapitre six

Chatka ne se montra pas de la matinée. Sa présence silencieuse manqua à l'inspecteur qui se tournait, se retournait dans les draps sans parvenir à trouver le sommeil. Il finit par se lever, la bouche pâteuse, les tempes agacées par un mal de tête naissant. Il promena son regard sur l'ameublement chaotique de la pièce, les caisses de linge, de vaisselle, les tas de bouquins posés là, au hasard de l'emménagement. Le filet d'air qui passait par la fenêtre fermée à l'espagnolette faisait vibrer la couverture cornée d'un vieux truc de Brautigan. Cadin tira le mince volume à lui, l'ouvrit au milieu :

« VERRERIE/MANIPULER AVEC
PRÉCAUTION/ATTENTION/VERRE/
NE PAS RETOURNER/HAUT/BAS/POCHARD À
MANIPULER COMME SI C'ÉTAIT UN ANGE. »

Ce n'était pas le souvenir qu'il en gardait. Le premier carton OUTSPAN, un des emballages que lui avait mis de côté son épicier d'Hazebrouck, un Félix-Potin, contenait du linge de corps, des slips, des maillots, des chaussettes qu'il enfourna en vrac dans le tiroir supérieur de la commode. Il creva le fond du carton d'un coup de poing puis l'aplatit. Un objet tomba sur le parquet, à ses pieds. Il se baissa pour le ramasser. Une boîte de préservatifs... Des semaines qu'il ne pensait plus à Blandine... Il n'en manquait qu'un seul... ce week-end où elle s'était plantée dans son calendrier... Il serra les dents et enfouit les préservatifs sous le linge, d'un geste nerveux. Il sourit en songeant que Chatka l'avait échappé belle : s'il avait eu cette boîte sous les yeux au moment du baptême au lieu de la conserve de crabe, le chat se faisait appeler « Sécurex » ! Un drôle de handicap pour courser les chattes.

Le second carton était rempli de dossiers, des papiers qu'il trimballait depuis la fac de Strasbourg, sans jamais jeter un œil dessus. Il le déplaça près de la porte, se promettant, sortant, de le descendre à la cave. La radio crachotait en sourdine. Le jeu des mille francs. Cadin poussa le cran de sélection des ondes sur la modulation de fréquence. L'aiguille accrocha une dizaine de stations musicales, du rock, du reggae, du disco, une plainte d'Oum Khalsoum, deux mesures de Bach, avant de débusquer le speaker de Top 93 qui donnait les titres du journal. La page départementale était consacrée aux spectacles de rentrée proposés par la maison de la culture, avec une interview de son directeur Gabriel Sternalez. Pas même un écho concernant l'agression de la nuit précédente. Il scruta le sol, à la recherche du téléphone qu'il finit par entrevoir sous l'amas de revues balancées du lit. Il le tira par le fil et composa le numéro du reporter rencontré à l'espace Desnos. La ligne était occupée. Il attendit plusieurs minutes sans rien entreprendre d'autre, assis sur le bord du matelas. Ses doigts s'agitèrent à nouveau sur le cadran. Signaux longs, bruit sourd du plastique entrechoqué. Il évitait de trop parler au téléphone, s'en tenant aux prises de contact, aux généralités. Il en savait assez sur les pratiques de ses collègues pour ne jamais déroger à cette règle. Ils convinrent de se retrouver dans une pizzeria du centre commercial, du côté de l'entrée de la gare RER. Il laissa la fenêtre entrebâillée, pour le chat, la bloquant avec le rideau passé par-dessus le montant et déplaça les cartons proches vers le centre de la pièce, si d'aventure il se mettait à pleuvoir. Dans la rue le vent se levait, remuant l'air moite. Le centre commercial dressait sa carcasse d'alu habillée de plastique orange au milieu d'une zone en cours d'aménagement. Les cellules électroniques lui évitèrent de tendre le bras. Il passa le sas surchauffé et se mêla à la foule. La pizzeria se trouvait en bout d'allée, il lui fallut remonter les 32 caisses, le crépitement des imprimantes se mêlant à la purée de bruits, de pas, de voix, de roulement de caddies, de musak... Alain Mény n'avait pas craint de se placer en évidence : une table en terrasse près d'un réverbère en plastique dur sur lequel il fallait cadrer serré pour s'imaginer à Montmartre. Cette fois encore il était habillé de cuir sombre et seuls son visage et ses mains émergeaient de cet envahissement noir, même si son abondante chevelure et sa large moustache mangeaient à demi sa figure. Cadin s'assit lourdement sur la chaise de jardin blanche dont les pieds s'arrondirent.

— Vous avez l'air crevé, inspecteur... Vous devriez dormir à cette heure-ci, non ?

— Je ne m'y fais pas. Au poste, la moitié de la nuit, je ne pense qu'à dormir mais dès que je me mets au lit, pas moyen. Ce doit être la même chose pour ceux qui font les trois-huit...

Le garçon, un jeune gars boutonneux, le ventre comprimé par un gilet rouge aux pointes aiguës, leur tendit les cartes.

— Ils se débrouillent... Ils boivent un coup ou bien ils avalent des cachets... J'ai écrit plusieurs reportages, une série sur les conditions de travail. Le pire c'était bizarrement ce qui arrivait aux mômes embauchées aux renseignements téléphoniques. Le 12... Elles étaient tellement habituées à répondre « Oui, j'écoute » dès que le signal sonore se faisait entendre qu'il suffisait qu'un son approchant soit émis, dans le métro par exemple, à la fermeture des portes, pour qu'elles se mettent à dire tout haut « Oui, j'écoute »... Comme les chiens qui attendent la sonnette pour manger...

— Je n'en suis pas encore là, Dieu merci !

Ils s'accordèrent sur l'osso-bucco accompagné d'une bouteille de rosé pétillant. Ils commencèrent à manger en silence. Alain Mény profita d'un moment où il servait le vin pour lancer d'un air faussement détaché :

— Et votre enquête parallèle, elle avance ?

Cadin s'abstint d'évoquer le résultat des autopsies.

— Pas trop. J'espère débusquer l'auteur des photos pornos... Il me mènera peut-être sur une piste. Sinon, le brouillard, je ne vois rien d'autre...

— Rien d'autre, vraiment ? Et ce gars que vous

114

avez vu s'enfuir alors que vous arriviez à la cité République… Il doit avoir des choses à vous dire.

L'inspecteur retourna son os de la pointe de son couteau pour en extraire la moelle.

— C'est l'affaire de Périni ; mon rapport est dans son tiroir. Il est au moins à l'abri de la poussière ! Ils sont persuadés, lui et le juge d'instruction, qu'il n'y a plus rien à prouver, que tout est clair… Pour eux le troisième homme n'existe pas Alors, à quoi bon remuer des histoires anciennes comme celles que racontent ces photos ? Ils sont disposés à se satisfaire d'une justice à leur image. Approximative.

— Ce type existe pourtant…

— Oui, si j'en crois mes yeux ! Comment voulez-vous que je lui mette la main dessus, seul et sur mon temps libre ? À part ça, vous connaissez Pierre Molier ?

Le journaliste essuya ses lèvres rougies par la sauce et posa la serviette tachée près de son assiette

— Eh bien vous avez mis du temps à vous déci der ! C'est à propos du gars qui s'est fait bousculer par une voiture de service, cette nuit ?

Le garçon leur proposa la carte des desserts. Mény commanda sans prendre la peine de la consulter.

— Une « zuppa inglese » et un café.

Cadin suivit le mouvement.

— Vous êtes au courant ? J'ai écouté le journal d'une heure sur votre radio, ils n'ont rien dit…

— Vous devez être un des rares flics branchés sur la FM. À part les RG… Je viens de terminer l'enre- gistrement de mon bobineau. Le sujet passe ce soir au magazine. Je suis passé au commissariat alors qu'ils transféraient la fille, Maryse, à la souricière de Bobigny. La Reine de Beauté de Courvilliers jetée sur la paille humide des cachots ! Il n'y a pas à dire, vous gâtez la presse !

— Renvoyez-moi l'ascenseur : dites-moi ce que vous savez de Pierre Molier.

Mény aspira le bord de ses lèvres, sous ses dents, puis les fit claquer en les relâchant.

— Je ne connais pas grand-chose sur le sujet. Il est depuis peu à Courvilliers. Il est arrivé en mai ou juin dernier pour mettre sur pied le service sécurité de Hotch. Avant il travaillait pour l'une de leurs filiales, dans le Sud, près de Marseille. Il a ramené une demi-douzaine de gros bras avec lui. Des anciens militaires, des repris de justice amnistiés en 81... J'ai même entendu parler d'un flic révoqué pour une vague histoire de dope. Périni doit avoir leurs fiches, elles sont sûrement classées avec celles des flics municipaux... Ils se ressemblent comme des frères. En tout cas Molier a l'air d'avoir les coudées franches. Ses gars sont super équipés : motos, tal-kies.   Il leur a même fait construire un chemin de ronde tout autour de l'usine .. C'est assez nouveau ici Jusque-là la direction jouait l'intégration en misant sur son Association. L'arrivée de la gauche au pouvoir a eu pour effet de radicaliser le discours des immigrés et la politique de paix sociale de Laubrard a pris un sacré coup de vieux...

— Qui est ce Laubrard ?

— Le directeur des Relations Humaines. Un type intéressant. Vous devriez faire sa connaissance. Pour en terminer avec Molier, on dit que c'est un bandeur de première... On entend pas mal de bruits à son sujet...

Cadin se pencha vers le journaliste.

— Lesquels?

— Par exemple le dernier en date dit que Maryse lui doit son titre… Il se serait arrangé avec le jury à condition qu'elle passe à la casserole… Vous voyez le genre.

— C'est plausible, à votre avis?

Alain Mény haussa les épaules et plongea sa cuillère dans la meringue molle parsemée de fruits confits.

— C'est un bruit, et le propre des bruits c'est d'être sujet à caution… Ce qui est sûr, c'est qu'ils marchent ensemble depuis quelques jours. Elle se baladait avec la bagnole de service de Molier cette nuit, non?

Cadin hésita.

— Oui, concéda-t-il, mais elle n'était pas seule. Il y avait trois gars de Molier avec elle. Ils venaient de la Diligence… L'équipe de Bob, les municipaux, étaient sur place avant nous et les ont laissés filer…

— Le patron de la Diligence ne vous lâchera pas un nom. Il est cul et chemise avec les gars de Molier: ils sont toujours fourrés dans sa boîte.

Avant de quitter Mény l'inspecteur descendit téléphoner. Le standard de Hotch le fit patienter plusieurs minutes au milieu des bottins éventrés. La secrétaire de Laubrard l'accueillit d'une voix douce qui plongea dans les graves dès qu'il eut annoncé sa profession.

— M. Laubrard est parti déjeuner. C'est à quel propos?

— Dites-lui que cela concerne M. Molier ainsi que la jeune femme qui a concouru pour le titre de Miss

Courvilliers. Je souhaiterais le voir très rapidement.
Je rappellerai dans une heure.

Avant de sortir il ne résista pas à la curiosité et vérifia si le dévideur de papier toilette n'était pas garni de
poèmes. Rien. Il se retourna pour tomber nez à nez
avec le garçon boutonneux qui venait se soulager.

— Qu'est-ce que vous cherchez ?

Cadin esquissa un sourire pincé.

— Des poèmes… Quelquefois les gens déposent
des poèmes dans les chiottes… Vous n'avez rien vu
de ce genre, ici ?

Le serveur écarquilla les yeux, ouvrit la bouche
sans parvenir à émettre le moindre son. Il eut besoin
de plusieurs secondes pour dissiper son trouble.

— Des poèmes ? Jamais ! Ils écrivent des tas de
saletés sur les murs, sur la porte, au plafond, sur le
réservoir de la chasse, dans la cabine du téléphone…
Il y en a partout… Mais je n'appelle pas ça de la poésie… Des saloperies, oui, que je passe mon après-
midi du samedi à gratter…

Il se plaqua contre la coquille émaillée blanche, les
jambes légèrement écartées et se déboutonna en
s'accompagnant d'un mouvement des reins. Cadin en
profita pour grimper les escaliers. Mény avait réglé
l'addition. Il refusa le billet de cent francs que l'inspecteur lui tendit.

— Je la passe en note de frais. On a au moins cet
avantage.

Ils se quittèrent. Cadin laissa filer le temps en se
promenant à travers les allées de l'Euromarché,
essayant d'identifier les surveillants. Il en repéra trois
en l'espace d'un quart d'heure, des jeunes, costard-
cravate qui jouaient aux privés entre les piles de Pam-

pers anti-fuite et les têtes de gondoles remplies de saucisses en solde. La promotion du jour. Il rappela Hotch du café-tabac de la galerie marchande. Laubrard acceptait de le recevoir à quatre heures.

La manchette de « Courvilliers-Informations » attira son attention. La photo de Maryse, entourée de ses dauphines, occupait trois colonnes. La légende renvoyait le lecteur en page cinq. Il s'y reporta pour lire le compte rendu du défilé, une trentaine de lignes dont la fonction essentielle consistait en la citation des noms et titres de toutes les personnalités présentes. Le sien n'y figurait pas : il en sut gré à Patrice. Ses yeux se baladèrent sur les titres des rubriques de la page, état civil, menu des centres de loisir, échos des colos, travaux dans la ville, et s'arrêtèrent sur un court article imprimé en gras et bloqué par des filets noirs :

LA SECTION SPÉLÉOLOGIE EN DEUIL

Un accident navrant vient de priver la section spéléologie de Courvilliers d'un de ses membres parmi les plus dynamiques, Éric Renout, qui venait tout juste de fêter ses 32 ans. Éric avait décidé de consacrer ses vacances à l'exploration des grottes du Doubs. Il s'est trouvé en difficulté dans un siphon de la grotte de Sauveterre. Il semble qu'Éric, gêné par les nombreuses cordes abandonnées le long de la paroi par les expéditions précédentes, ait coupé sa propre corde par erreur. Son corps s'est écrasé trente mètres en contrebas. La municipalité de Courvilliers lui rendra un dernier hommage le samedi 28 août à 11 heures dans la salle des associations.

Il quitta le centre commercial, traversa le parking encombré de caddies délaissés et s'engagea dans la rue des Deux Gares, une avenue rectiligne tracée en bordure de la tranchée du RER. Des engins de terrassement chahutaient le paysage, de l'autre côté des voies, creusant un gigantesque bassin destiné à réguler le ruissellement des eaux de pluie. Les travaux cornaient un coin du dernier champ de maïs de Courvilliers délimité par l'autoroute, le RER, les usines Hotch et, au loin sur la gauche, les bouts de pistes de l'aéroport. D'énormes camions aux couleurs de Hotch, lettres noires sur fond jaune, passaient dans un bruit de tonnerre, accompagnés de leur claque de vent qui couchait les herbes du bas-côté.

Le vigile de faction à la porte principale vérifia la réalité du rendez-vous de Cadin puis le fit accompagner jusqu'au bâtiment qui abritait les services administratifs.

— C'est au cinquième étage ; l'ascenseur est tout de suite à droite.

Son guide s'éclipsa. Le revêtement de sol du couloir de l'étage réservé à la direction annonçait la couleur : moquette épaisse d'un rose soutenu, une consistance de mousse à laquelle Cadin adapta son pas. Une jeune femme le réceptionna. Elle portait un tailleur bleu en velours très fin, moiré, et des souliers à hauts talons frustrés de leur claquement qui mettaient en valeur la ligne parfaite de ses jambes. Elle ne devait pas avoir beaucoup plus de vingt-cinq ans même si la forme de sa coiffure, cheveux mi-longs, ondulations figées et le choix d'un maquillage très prononcé, tendaient à la faire paraître plus âgée.

— Vous êtes l'inspecteur Cadin ?

Il reconnut la voix du téléphone agrémentée cette fois d'un sourire.

— Oui, c'est moi. Je peux voir M. Laubrard ?

Elle déplaça légèrement sa main droite, désignant un coin salon.

— M. Laubrard me demande de vous présenter ses excuses. Il est encore en réunion… L'affaire de quelques minutes. Vous pouvez patienter en consultant ces revues…

Cadin déclina l'offre et s'approcha de la baie vitrée. L'étage où il se trouvait constituait le point culminant du complexe. Il disposait d'une vue d'ensemble sur les différents ateliers de l'usine, les bureaux d'études, la chaîne de montage des boîtes de vitesse, le bâtiment où s'assemblaient les systèmes électroniques, les aires de stockage. En contrebas, juste derrière les parkings aux places numérotées, une zone d'atterrissage pour hélicoptères avec sa croix cerclée blanche. La voix de l'hôtesse interrompit son examen.

— Vous enquêtez sur la mort de Claude et Monique Werbel ?

Il se retourna, s'avança jusqu'au bureau sur lequel il s'appuya.

— Non, pas précisément… Vous les connaissiez ?

Il la regarda fixement. Les incisives supérieures, brillantes de salive, agacèrent la lèvre inférieure, teintant l'émail de rouge. Elle hésita un bref instant.

— Elle oui, mais pas lui. On a débuté à la même époque chez Hotch, au service comptabilité..

— Vous avez fait pas mal de chemin depuis. Pour Monique je me suis laissé dire que ça avait plutôt été l'inverse.

Elle fronça légèrement les sourcils. Cadin se rendit compte à contretemps de son sous-entendu mais il évita de rectifier pour ne pas la mettre en éveil.

— Au début ce n'est pas vrai. Elle a eu autant de promotion que n'importe qui, grâce au développement de l'entreprise. Ça s'est gâté lorsqu'elle s'est mise à fréquenter Claude Werbel... La direction pouvait difficilement rester les bras croisés... Ils l'ont maintenue à son poste mais en l'allégeant de toutes ses responsabilités. Je trouve même qu'ils ont été patients... Ils ne se sont décidés à la déplacer qu'après cette histoire de photos.

— Vous les avez vues ?

Ses joues se colorèrent.

— Non, mais tout le monde en a parlé ici. À sa place je n'aurais jamais eu le courage de revenir au travail. On peut en penser ce qu'on veut, mais elle ne manquait pas de cran !

— Vous avez eu l'occasion de parler avec elle dans les jours qui ont précédé sa mort ?

Elle leva les yeux au ciel.

— Évidemment !

— Comment ça « évidemment » ?

— Je n'ai aucun mérite : elle habitait chez moi depuis qu'elle s'était séparée de son mari... Nous avons discuté ensemble une bonne partie de la nuit, juste avant qu'elle ne se décide à retourner le voir... J'ai essayé de l'en dissuader... Je ne crois pas qu'on arrive à recoller les morceaux comme ça sur un coup de cafard en milieu de nuit... Je m'en voudrai toujours de l'avoir laissée partir mais j'étais vraiment lessivée...

Cadin demeura silencieux, le temps d'intégrer ce qu'il venait d'apprendre.

— Vers quelle heure vous a-t-elle quittée ?

— Deux heures et demie, trois heures moins le quart au maximum. J'habite près de la mairie, c'est à dix minutes à pied de la cité République.

— Oui, je connais… Pourquoi ce soir-là, précisément ? Elle vous a donné une explication ?

Elle ouvrit le tiroir du bureau pour prendre un paquet de Camel, en prit une, le tendit à Cadin.

— Vous fumez ?

— Merci, j'ai arrêté depuis un bout de temps.

Elle alluma sa cigarette, aspira longuement et rejeta la fumée vers le plafond.

— Il n'y a pas besoin d'explication. Elle aimait Claude et c'est bien suffisant. Elle m'a dit au moins cent fois qu'elle ne comprenait pas son attitude. Quand les photos sont apparues, il était décidé à faire front, à prouver qu'il s'agissait de faux. Et tout d'un coup, quelques jours après, il n'en était plus question. Sans raison. Il a renoncé à se battre, comme s'il admettait que les clichés étaient réels… C'est pour cela que Monique l'a quitté : elle ne pouvait plus vivre avec un homme qui doutait d'elle. La nuit de sa mort elle voulait le rejoindre pour essayer de comprendre ce qui avait amené Claude à changer d'opinion à son sujet.

— Le commissaire a pris votre déposition ? Lui ou un autre policier…

Le téléphone se mit à émettre une série de sons aigus. La secrétaire prit le combiné, se contentant d'écouter en hochant la tête. Elle contourna le bureau.

— M. Laubrard vous attend. Suivez-moi.

Cadin se plaça dans son sillage parfumé, baladant son regard sur les formes en mouvement.

— Et pour le commissaire ? Vous ne m'avez pas répondu…

Elle inclina la tête vers l'arrière sans ralentir le pas.

— Non, il ne m'a pas contactée… Pourquoi, il aurait dû ?

Ce fut au tour de Cadin d'ignorer la question.

Elle le planta à l'entrée d'une vaste pièce aux murs tendus de toile sombre. Deux hommes se tenaient debout devant la fenêtre, leurs silhouettes rendues imprécises par le contre-jour. Le plus grand des deux s'approcha et Cadin put distinguer ses traits. Une tête d'homme du monde vieillissant, l'illustration parfaite du « visage aux nobles rides » mais posée sur un corps trop gras.

— Bonjour, inspecteur. Donnez-vous la peine d'entrer…

Il parlait sans ouvrir la bouche, les lèvres agitées d'un très léger mouvement. Cadin serra la main humide et molle qui lui était offerte.

— … Michel Laubrard, directeur des Relations Humaines. Je vous présente mon adjoint, Charles Géron. Cela ne vous gêne pas qu'il assiste à notre entretien ?

Laubrard prit place dans un fauteuil de la taille d'un canapé tandis que Géron s'installait derrière lui en adoptant l'attitude traditionnelle du sous-fifre obséquieux.

Le mur de droite était entièrement occupé par une bibliothèque aux rayonnages remplis de livres de droit social, de brochures, tandis que celui de gauche s'ornait de l'agrandissement géant d'une photo aérienne : l'usine en construction.

Laubrard déboutonna sa veste pour se mettre à

124

l'aise. L'inspecteur se fit la réflexion qu'il avait dû être mince, plus jeune, mais que l'onctuosité des moquettes avait eu raison de sa ligne. Ses deux mètres, son enveloppe de viande lui firent songer à ces grands animaux préhistoriques rendus inoffensifs par la seule certitude de leur disparition prochaine. À elles seules les mains donnaient la mesure des modifications intervenues au cours des années. Les doigts boudinés, violacés, se croisaient et se décroisaient au-dessus de la surface brillante du bureau. L'anneau d'or qui congestionnait la première phalange de l'annulaire gauche disparaissait, à demi recouvert par la peau boursouflée. Les mains de Géron, un petit homme nerveux au visage osseux, étaient très différentes. Il venait de les placer devant son sexe, dans une attitude inconsciente de préservation. Les ongles et les extrémités des doigts étaient rongés et la blancheur des phalanges éclatait sur le tissu sombre. Tout son être vibrait d'une manière imperceptible. Un tremblement qui ne devait sûrement rien à l'alcool. Géron semblait atteint d'une passion autrement redoutable : l'ambition. Rien encore n'avait été dit mais une chose était claire pour Cadin : ces deux-là s'observaient, s'épiaient et, sous leurs sourires convenus, se dissimulait une concurrence impitoyable. Laubrard enflait pour occuper toute la place disponible sur son fauteuil tandis que Géron rêvait de bouffer autre chose que ses ongles.

— Que puis-je pour vous, inspecteur ? J'espère qu'il ne se passe rien de grave…

— Je l'espère aussi. La nuit dernière l'une de vos employées a été arrêtée et incarcérée après avoir heurté volontairement un cycliste avec sa voiture…

— C'est regrettable mais je ne vois pas en quoi cela peut concerner notre société... Nos collaborateurs ont une vie privée qu'ils assument en tout point... Nous employons plus de vingt mille personnes en France... Il s'agit de qui ?

— Maryse Daillet. Vous devez la connaître, elle a été élue Miss Courvilliers, mardi dernier. Voici sa photo...

Cadin déplia la Une de « Courvilliers Informations » sur le plateau du bureau.

— ... et cela intéresse la société Hotch dans la mesure où elle circulait dans une voiture de service... J'ai de bonnes raisons de penser qu'en plus elle était accompagnée par plusieurs membres de votre groupe de sécurité.

Laubrard fronça les sourcils et se tourna vers Géron, visiblement ennuyé.

— Vous pouvez me dire quel poste occupe cette jeune femme ?

— Employée de planning... Il était question de la promouvoir...

Il lui coupa la parole.

— Et depuis quand les employées de planning se promènent-elles en voiture de service ?

Cadin n'était pas dupe ; Laubrard savait exactement à quoi s'en tenir sur l'agression à laquelle Maryse était mêlée mais sa fonction exigeait du Directeur des Relations Humaines qu'il vive à l'écart de ces contingences. L'inspecteur lui tendit une perche.

— Selon mes informations cette voiture lui a été remise par M. Pierre Molier qui, je crois, travaille directement sous vos ordres...

126

Laubrard tira son bloc-notes vers lui et écrivit quelques mots avant de détacher le feuillet et de le glisser dans sa poche.

— Je vous remercie de cette précision, inspecteur. Je vous promets de prendre toutes les mesures qui s'imposent afin que de tels incidents ne se renouvellent pas. Vous comptez retenir cette jeune femme longtemps ?

— Non, le temps de la garde à vue. Elle sera libre dès demain. Par contre nous conserverons la voiture chez nous jusqu'au passage de M. Molier. Demandez-lui de passer au commissariat au plus tôt.

Laubrard fit mine de se lever pour signifier la fin de l'entrevue. Cadin demeura ostensiblement assis.

— Je voulais également vous dire que j'ai déjà eu l'occasion de rencontrer le responsable de votre service de sécurité. Il transportait une cargaison de manches de pioche et deux 22 long-rifle qu'il destinait à vos employés du gardiennage... J'ai bien l'impression que vous jouez avec le feu, surtout après la mort des époux Werbel. Il me semble qu'on devrait, d'un côté comme de l'autre, éviter tout geste qui pousse à l'affrontement...

Laubrard recula son siège et le fit pivoter vers la fenêtre.

— Nous ne recherchons pas l'incident. Tout simplement parce que nous n'y avons pas intérêt. Le secteur automobile est en crise, les constructeurs et les fabricants de pièces détachées comme nous. Actuellement le défi qui nous est lancé est de mettre en accord nos effectifs salariés et le volume de la demande. Allez faire comprendre cela à un paysan illettré d'Anatolie ou à un berger kabyle ! Les gens des syndicats se bornent à manipuler leurs troupes en leur promettant monts et merveilles. Pas un mot du contexte économique. Ils redescendront sur terre, tôt ou tard. En attendant pas question d'accepter leur chantage. Nous ne les laisserons pas bloquer l'usine, vous pouvez en être certain. Nous ne sommes pas chez Renault !

— Je crois que vous n'avez rien à craindre de ce genre. La mort de Werbel les a pris de court… Vous le connaissiez personnellement ?

— Moi non. En revanche Géron a eu l'occasion de négocier avec lui… Une histoire de menus à la cantine… C'est bien ça, non ?

Cadin fixa Géron.

— Quel genre d'homme était-ce ? Énervé, vindicatif ?

— Non, je l'aurais plutôt classé parmi les illuminés. Je n'ai jamais réussi à bien le comprendre, cette hargne insensée contre l'entreprise… Il se prenait pour saint Georges et, bon gré mal gré, Hotch devait jouer le rôle du Dragon.

— Et cette histoire de menus ?

Géron décroisa ses mains pour les enfouir dans ses poches de veste.

— Rien de bien intéressant… L'économe avait fait passer des merguez contenant de la viande de porc… Ce sont des problèmes qui se règlent facilement.

— Si vous voulez dire qu'on ne tue pas sa femme et qu'on ne se suicide pas pour un lot de merguez douteuses, d'accord… Je présume que vous avez reçu votre collection personnelle de photos, celles où figure Monique Werbel…

Cadin crut sentir une légère tension entre les deux

hommes. Géron reprit sa pose mais ce fut Laubrard qui monta au créneau.

— Nous n'en étions pas les seuls destinataires. Je les ai fait détruire dès réception. De la même manière que nous ne sommes pas comptables des fautes de conduite de notre personnel en dehors des heures de service, nous évitons de nous immiscer dans leur vie privée…

Il marqua une pause.

— Vous êtes également en charge de cette enquête ?

La forme interrogative subsistait pour marquer le respect dû à la fonction. Il aurait tout aussi bien dit : « Va pas trop loin, Cadin, on sait que tu n'es pas sur le coup ! »

— Non, je ne m'occupe que de l'accident de Maryse Daillet.

Laubrard se leva et contourna son bureau, suivi de Géron. Il tendit sa main moite à Cadin qui la malaxa une fraction de seconde avant que la sécheresse vibrante de Géron ne se bloque dans sa paume.

— N'oubliez pas de demander à M. Molier de passer nous voir.

— Il est absent pour la journée. Je ferai en sorte qu'il vous rappelle au commissariat dans la soirée…

Une manière élégante de signaler à l'inspecteur que l'entretien venait de se dérouler en dehors de ses heures de service et qu'il ne pourrait jamais y faire allusion.

Il était tout juste dix-sept heures. Cadin rentra directement chez lui. Devant l'immeuble, près des garages, il aperçut Chatka, le poil hérissé, s'apprêtant à bondir sur un autre chat, une bête efflanquée au poil terne. L'inspecteur s'approcha, s'accroupit au bord du carré de pelouse.

— Viens, Chatka, viens… Allez, rentre… Viens, je vais te donner à manger…

Le chat des rues, dérangé, miaula en direction de l'inspecteur. Chatka en profita pour sauter sur son adversaire qui s'enfuit sans livrer bataille.

— Tu viens maintenant ? Tu es content ?

Chatka se contenta de s'asseoir et lissa ses poils à grands coups de langue appuyés. Cadin considéra brièvement l'animal, se releva, grimpa l'escalier, referma la porte derrière lui et défit l'espagnolette. Il s'endormit les jambes relevées, les talons de ses chaussures posés sur le montant de cuivre.

Chapitre six

On les avait dispersés, après la mort de l'instituteur. La majorité en premières lignes, dans des com-
mandos de chasse. Tenue léopard, tenue de salopard,
longue visière pour se masquer les yeux.

Le caporal s'était retrouvé dans un DOP, Dispositif Opérationnel de Protection, le réseau de production de renseignement mis en place par l'armée et qui
épousait, région par région, l'organisation du FLN.

Il se souviendrait toujours de son premier prisonnier, un paysan d'une cinquantaine d'années qui ne
cessait de gesticuler en insultant les soldats. Ils
avaient commencé à le frapper à coups de poing, de
chaussures, sans autre résultat que le forcer à se taire
pour protéger ses dents.

Sa vie avait basculé quand le chef de poste l'avait
toisé.

— Hé ben, qu'est-ce que tu fous à nous regarder !
File-nous un coup de main, va remplir la baignoire.

Il était passé dans l'autre pièce, une remise encom-
brée de matériel militaire, lits de camp, gamelles,
couvertures, treillis. La baignoire avait été calée sur
des briques grises, contre le mur, sous un robinet

maintenu à son piton par un morceau de fil de fer. Le caporal s'était penché, une main appuyée sur l'émail crasseux, l'autre posée sur la clef du robinet. Il était demeuré immobile, quelques secondes et, les yeux fermés, sa main s'était crispée avant de pivoter. Une fraction de seconde l'eau avait coulé rouge, comme un présage.

Il était maintenant presque sec. Il se leva et enfila la djellaba blanche. Un éclat métallique attira son regard vers la colline voisine. Il porta une main à son front, en forme de visière, plissa les yeux et reconnut la silhouette familière d'un harki de son unité qui encadrait une dizaine de prisonniers occupés à défricher le maquis et à poser un réseau de fil de fer barbelé. Avant qu'il n'arrive à Souk-Lémal, un commando rebelle s'était approché du camp, camouflé dans les boqueteaux.

Il franchit la porte du mess. Le barman lui tournait le dos, et tentait de régler son transistor. Il parvint à capter Europe 1. L'indicatif de Salut Les Copains shunta pour laisser la fréquence à la voix d'Eddy Mitchell, le chanteur des Chaussettes Noires.

« Tu parles trop,
J't'entends du soir au matin in…
Les mêmes mots,
Toujours les mêmes refrains ains…
Bla, bla, bla a a a…
C'est ton on défaut… »

132

Les deux bidasses accrochés au bar reprirent en chœur en choquant leurs canettes de bière.

Chapitre sept

Il n'avait jamais encore remarqué les motifs du papier peint. Un souvenir teinté de bleu, sans plus. Un motif en fait, répété à l'infini, des sortes d'œillets rassemblés en bouquets, leurs tiges maintenues par quelque chose qui ressemblait à un blason muet, un écusson. L'impression, malhabile, comme tremblée, rendait d'assez loin le duveté du velours. En clignant des yeux il faisait apparaître, les traits se mêlant, des figures aux dents proéminentes, des masques de carnaval d'Indonésie. Deux œillets pour les yeux, les faisceaux de tiges pour la denture. Il reçut un coup de téléphone alors qu'il se préparait un café, une invitation pour une soirée antillaise. Il répondit que le locataire précédent avait été muté en Guadeloupe mais que lui, Cadin, serait heureux de connaître le nom du chat. Son correspondant l'ignorait. Puis Alain Mény le relança au sujet de son émission de présentation des personnalités locales. Il voulait lui en parler, à la pizzeria, mais avait oublié… Cadin promit mollement et but son café tiède.

Dehors la chaleur faisait remonter les odeurs de goudron, de gaz d'échappement, d'urine. L'épicier tunisien regarnissait son étalage de fruits ; des cageots qu'il allait chercher dans une estafette aux pneus crevés qui lui servait de réserve. Léonard n'était pas encore là quand Cadin arriva au commissariat. Mernadez et Mimosa étaient en pleine conversation.

— Tous les clubs en ont, des caisses noires… des caisses noires. C'est avec ça qu'ils payent leurs transferts… les transferts. Il n'y a pas que Saint-Étienne et le Paris-Saint-Germain, regarde Marseille en 72… Marseille en 72.

Mimosa se tourna vers l'inspecteur qui entrait et le prit à témoin.

— Vous ne croyez pas que c'est partout pareil, inspecteur ?… Pareil, inspecteur…

— Peut-être… À vrai dire je n'en sais rien… Léonard n'est pas là ?

Mernadez s'approcha de lui.

— Il a téléphoné pour prévenir qu'il arriverait en retard. Vous avez besoin de quelque chose ?

Cadin agita la tête en signe de dénégation et grimpa dans son bureau. Il s'y sentait presque aussi bien que chez lui. Seul, absent du regard des autres. Il pouvait fixer le mur, la fenêtre et attendre que ses pensées se perdent, s'annulent… Il inaugura la nuit en compagnie de Mernadez. Un peu après une heure du matin la sirène d'alarme d'un magasin de matériel vidéo se mit à ameuter tout un quartier de Courvilliers. Les voisins voulaient dormir tranquilles. Mernadez conduisait en douceur, le haut du corps raidi, la poitrine contre le volant.

— Mimosa a toujours parlé de cette façon, en redoublant les derniers mots de chaque phrase ? Je ne dois pas être le seul à qui ça tape sur les nerfs…

Il répondit en ralentissant le débit de ses paroles, la tête droite, les yeux fixés sur la bande de macadam :

— Toujours, non… mais depuis que nous nous connaissons, il parle de cette manière. Ça porte un nom, c'est une maladie, l'écholalie. Il dit que cela s'est déclenché en Indochine.

— Il a fait l'Indochine ?

Mernadez risqua un œil vers l'inspecteur.

— L'Indo, le Maroc et l'Algérie… Pour son bafouillement, il était coincé à Dien-Bien-Phu. On l'a envoyé en patrouille, une nuit, pour essayer de délimiter la première ligne viet-minh. Au départ il se trouvait à l'abri, au milieu de la colonne, mais au retour il était bon dernier ! Tous les autres s'étaient fait égorger, en silence… Les uns après les autres sans qu'ils entendent le moindre bruit… Dix mètres de reconnaissance supplémentaires et Mimosa se faisait couper le kiki… En tout cas, c'est ce qu'il raconte lorsqu'il est assez clair pour parler de lui…

— Vous y croyez ?

— Quelle importance ? S'il a envie de se prendre pour un miraculé, cela ne fait de mal à personne. Je connais des tas de gars qui en sont revenus plus abîmés que Mimosa et qui n'en parlent pas davantage… Ce n'étaient pas des guerres faciles…

Le magasin était situé au cœur du Vieux Pays. Il occupait le rez-de-chaussée d'un immeuble d'habitation, coincé entre une boulangerie et un dépôt de meubles. La vitrine avait été brisée à l'aide de pavés prélevés sur le chantier de la SCREG, une entreprise qui défonçait tour à tour toutes les rues de Courvilliers pour enfouir ses tuyaux.

Cadin ouvrit le coffre de la R 12 pour prendre la

manivelle du cric avec laquelle il fit tomber les morceaux de verre effilés qui tenaient encore à l'encadrement. Mernadez pénétra dans le magasin et arracha le fil de l'alarme. Les hurlements électriques cessèrent aussitôt mais les deux policiers en conservèrent l'écho dans la tête durant plusieurs minutes. Les casseurs avaient vidé les étagères de présentation, ne subsistaient que les étiquettes publicitaires. Les voleurs avaient délaissé les téléviseurs. Deux télés gisaient par terre au milieu des éclats de verre. La chaîne passée dans les poignées des vitrines contenant les cassettes pendait le long des vitres, cisaillée. Une dizaine de films vidéo seulement avaient échappé à la razzia. Cadin nota la présence d'un Godard et celle d'un Pialat. La porte de la réserve avait également été forcée, de même que celles d'un placard. Tout ce qu'il contenait recouvrait le sol : factures, catalogues, affiches et photos de films…

— Ils devaient être sacrément pressés : ils n'ont pas fait de détail !

Mernadez approuva l'inspecteur.

— Ils savaient exactement ce qu'ils voulaient : les magnétoscopes et les cassettes vidéo. À mon avis ils avaient une commande précise.

— C'est probable. En revanche je me demande ce qu'ils cherchaient dans le placard du fond.

— Peut-être des factures vierges et des tampons. Ils n'hésitent plus à s'en servir pour refourguer plus facilement la marchandise.

Cadin laissa Mernadez sur place pour éviter que les voisins ne pillent le magasin et en le chargeant de recueillir le maximum d'informations sur le casse.

Quand il arriva au commissariat, Léonard finissait de boucler son uniforme. Il prétexta des problèmes familiaux, sans préciser davantage. L'inspecteur le mit au courant du cambriolage du magasin.

— Tu vois d'où ça peut venir ?

Le flic ajusta son képi sur sa tête et referma la porte de son vestiaire.

— Il y a trois mois qu'on a coffré la bande qui s'était spécialisée dans ce genre de matériel. D'autres en ont profité pour récupérer le marché. On connaît le type de véhicule utilisé pour embarquer les magnétoscopes ?

— Passe un coup de fil à Mernadez…

Un locataire avait en effet assisté à la fuite des cambrioleurs qui, au nombre de deux, avaient pris la direction de la voie rapide à bord d'une Simca break tôlée de couleur claire immatriculée dans le 93. Léonard reposa le combiné et résuma ce qu'il avait appris à Cadin.

— S'ils venaient d'une autre ville on ne les rattrapera plus. Si ce sont des gars d'ici, on a des chances de les piquer sur un parking ou dans une cité… C'est une des techniques du moment : ils piquent une voiture, entassent la camelote dedans et font la distribution dans un coin tranquille au petit matin.

— On commence par où ?

— Le plus simple c'est de démarrer cité République. Après on redescendra par la route des Grands Ponts.

Les rues étaient désertes. Ils croisèrent la première voiture en passant devant la tour qu'habitaient les Werbel. Volets clos, fenêtres muettes. La R 12 piqua du nez sur la rampe du parking souterrain. Le système d'ouverture automatique du rideau métallique avait fonctionné une semaine tout au plus après l'inauguration de la cité. Depuis les locataires évitaient de laisser leurs voitures en sous-sol, cachées au regard. Le parallélépipède de béton était pratiquement vide à l'exception de deux épaves qui servaient de terrains d'aventure aux gosses du quartier. Ils reprirent la rampe en sens inverse. La première patinait. Léonard dut jouer avec la pédale d'embrayage pour avaler la pente. Il mit le cap sur les Terrasses, un nouvel ensemble immobilier en cours de livraison qui séparait Courvilliers de Sevran. Le projet en revenait à l'ancienne équipe municipale qui avait fait raser les lotissements pourris du secteur passés entre les mains des marchands de sommeil, pour édifier sur les terrains libérés une cité pilote où les zonards cohabiteraient avec des familles d'horizons sociaux différents. Les architectes s'étaient démenés sur leurs planches et proposaient non de simples logements mais des « cellules d'habitation » en duplex voire en triplex, dont les « salles de vie » s'ouvraient, dans les étages supérieurs, sur une terrasse-jardin individuelle.

Les élections municipales venaient de remettre l'utopie au placard. Les étages supérieurs dotés des espaces extérieurs les plus valorisants étaient occupés par les mêmes qui s'épanouissaient déjà dans les bureaux prééminents et ensoleillés de l'Hôtel de Ville.

Les niveaux inférieurs dépourvus d'extensions engazonnées furent laissés au tout-venant. La cité comptait cinq cents logements répartis dans cinq bâtiments aux formes courbes, disposés en ellipse. Au centre de l'escargot un bassin sans eau annonçait un

139

square. De part et d'autre des halls d'entrée on avait réservé des surfaces pour l'implantation de commerces. Une supérette « Amie » à la devanture badigeonnée de vert, une boulangerie et une pharmacie préfiguraient le Centre Commercial. Ils longèrent la cité au ralenti. Un parc de stationnement avait été délimité près du cimetière sur un terrain vague sommairement aplani qui devait, un jour, servir à édifier une école. Ils s'engagèrent dans une allée. La Simca break était garée près du mur du cimetière, à demi dissimulée par un camion de déménagement jaune et noir. Léonard coupa le moteur et laissa la R 12 rouler en silence sur le chemin de terre. Cadin souleva sa veste et bloqua la crosse de son pistolet dans sa paume.

— Ne t'approche pas trop. Je vais descendre et faire le tour par la droite. Toi, tu les prends par la portière de gauche.

Léonard freina en douceur. Cadin était déjà dehors. Il retint la porte pour l'empêcher de claquer puis, courbé vers le sol, son pistolet à bout de bras, il contourna la Simca. Il se plaqua contre la tôle, attendant que son collègue se soit mis en position. Il risqua un regard dans l'habitacle. Un jeune gars vêtu d'un jean et d'un blouson dormait, recroquevillé sur la banquette avant, un pied passé sur le volant. Cadin posa le canon de son arme contre la vitre et tambourina sur la porte après avoir essayé de l'ouvrir.

— Sors de là-dedans ! N'essaye pas de faire le malin...

Le gars se réveilla en sursaut. Il se cogna violemment la tête sur le tableau de bord en se relevant. Il plaça ses mains au-dessus de son crâne, affolé, regardant successivement l'inspecteur et Léonard.

— Tu ouvres, oui ou merde !

Il baissa très lentement l'une de ses mains pour soulever la tirette de blocage de la porte droite que Cadin tira violemment à lui. Il agrippa le type par sa chemise.

— Tu es tout seul ? Léonard, regarde ce qu'il y a là-dedans, mais fais gaffe qu'un de ses potes ne se soit pas planqué dans les caisses.

L'inspecteur avait à demi couché le cambrioleur sur le capot de la voiture et vérifiait le contenu de ses poches. Il le délesta des clefs de la Simca.

— Où sont tes copains ? Quand reviennent-ils ?

Il tenta de se redresser pour répondre mais Cadin le repoussa contre la tôle.

— Reste comme tu es. On n'a pas besoin de se regarder pour se comprendre. Alors, ils doivent revenir ?

Le gars tourna la tête, la joue gauche à plat sur le capot.

— Oui, demain matin… enfin tout à l'heure, vers six heures. J'étais chargé de garder la camelote…

— Tu ne nous racontes pas de bobards, c'est sûr ?

— Non, je vous jure… Je devais juste garder la bagnole… Je n'étais même pas dans le coup, pour casser le magasin… Je gardais la bagnole, c'est tout.

Léonard venait d'ouvrir les portes arrière du break. Il siffla, admiratif.

— Putain ! Ça valait le coup de se mouiller.

Il détacha la paire de menottes de son ceinturon et retourna le type afin de lui entraver les poignets. Cadin lui fit signe de l'asseoir dans la R 12.

141

— On ne va pas planquer jusqu'à six heures du matin ! Amène la Simca au commissariat, moi je te suis avec lui.

Léonard installa le prisonnier à l'avant. Il prit soin de crocheter les menottes à la poignée intérieure de la porte, bloquant pratiquement tous ses mouvements.

Mernadez avait appelé durant leur absence : il venait de recevoir la visite du propriétaire du magasin et celui-ci devait arriver au commissariat d'une minute à l'autre. Mimosa se mit à décharger la Simca, entreposant les magnétoscopes et les cassettes vidéo sur les bancs de la salle de permanence. Il s'arrêtait par moments pour contempler l'illustration ou lire le générique d'un film. Certaines cassettes étaient uniformément blanches, différenciées par un chiffre et une lettre noirs inscrits sur la tranche. Mimosa les empila à part, près de sa machine à écrire. Il finissait quand Cadin réceptionna le propriétaire, une sorte de play-boy empâté aux yeux lourdement cernés, la chemise ouverte sur un torse velu où brillait un collier d'argent.

— Nous venons de récupérer votre marchandise. Il ne devrait rien manquer, nous les avons coincés avant la distribution. Vous avez fait l'inventaire de ce qui vous a été volé ?

— Oui, pour l'essentiel… Je n'ai vraiment pas de chance, je venais de me décider à faire poser un rideau métallique. Les ouvriers devaient venir la semaine prochaine.

Ils entrèrent dans la salle alors que Mimosa arrangeait les piles de matériel. Le boutiquier s'approcha et marqua une nette hésitation en découvrant les cassettes anonymes posées près de la machine à écrire. Cadin remarqua son trouble.

— Elles vous appartiennent celles-là ? Vous savez ce que c'est ?

Il hésita.

— Non… Ça ne vient pas de chez moi…

Léonard se retourna vers le gars surpris dans la Simca et qui commençait à se rendormir.

— Tu as entendu ? Vous avez braqué un deuxième magasin… Tu vas nous dire où vous avez piqué ces cassettes.

Il s'essuya les yeux et réprima un bâillement.

— Vous allez pas nous coller tous les casses de la nuit sur le dos ! Je sais simplement qu'ils ont tiré la bagnole juste avant de faire leurs courses… La Simca était vide et tout ce que vous avez trouvé dedans, ils l'ont sorti du magasin… À part moi… Ces cassettes ne sont pas arrivées là toutes seules…

L'inspecteur fit quelques pas dans la pièce pour se dégourdir les jambes. Il s'arrêta devant le boutiquier.

— Vous êtes certain que ça ne vous appartient pas ?

L'autre tendit les mains en avant dans un geste nerveux.

— Puisque je vous dis que non ! Je sais quand même ce qu'il y a dans mon magasin. Ils ont dû voler ça je ne sais où !

Cadin attira Léonard à l'écart.

— Fais un saut au magasin de ce pierrot et ramène-nous un téléviseur. Qu'on sache au moins ce qu'il y a sur ces fichues cassettes.

Léonard revint une demi-heure plus tard, les bras encombrés d'un portable couleur qu'il installa sur le

143

comptoir, près du tableau de recharge des bâtons lumineux.

— Vous pouvez venir faire les branchements, c'est votre matériel.

Le vendeur coupla le téléviseur à l'un des magnétoscopes volés. Dès qu'il eut terminé, Cadin lui tendit une cassette sans titre.

— Passez-nous celle-là, au hasard.

La télé se mit à scintiller, paysage de neige puis, sans même un carton générique, deux gosses d'une quinzaine d'années apparurent sur l'écran. Leurs yeux mornes, leurs visages inexpressifs impressionnèrent l'inspecteur. Arrivés au centre de la pièce impersonnelle qui servait de décor ils se déshabillèrent sans hâte tandis que les silhouettes de deux adultes entraient dans le champ de la caméra. Ils se déshabillèrent à leur tour et vinrent rejoindre les adolescents sur un matelas posé à même le sol. Cadin se leva d'un bond et stoppa le défilement de la bande d'un coup sec.

— Je commence à comprendre pourquoi tu ne veux pas reconnaître ces cassettes comme faisant partie du lot ! Tu as beaucoup de clients pour ces saloperies ? Qui est-ce qui te les fournit ?

Le boutiquier demeura silencieux. Léonard s'était levé à son tour pour éjecter la première cassette. Il en prit une autre sur la pile et l'enclencha dans le logement du magnétoscope. L'inspecteur tenta de l'en empêcher.

— On ne va pas visionner toutes ces ordures une à une… Rien qu'avec celle-là on a pu se faire une idée, non ?

Le second film avait été tourné dans la même pièce

144

que le précédent et les acteurs évoluaient devant les mêmes murs blancs et sur le même matelas recouvert de coussins multicolores. La séquence initiale montrait une jeune fille d'une vingtaine d'années, le visage surchargé de maquillage, nue sur les draps, les jambes ouvertes face à la caméra. On n'avait pas pris soin de masquer quelques boutons qui disgraciaient l'intérieur de sa cuisse gauche. Un homme vint s'allonger près d'elle, le sexe flasque et elle se mit en devoir, machinalement, du bout des doigts, d'aviver ses ardeurs. Quelques soupirs ajoutés au montage rythmaient les ondulations du poignet. Mimosa vint s'installer devant le téléviseur, le visage plus congestionné qu'à l'habitude. Il respirait fort, la bouche ouverte, les yeux fixes, et lissait le dessus de ses cuisses rebondies, les mains à plat, les doigts largement écartés. Cadin l'observa un instant, se demandant si, bandant, il pouvait apercevoir son sexe sous son ventre gonflé. Il s'imagina le point de vue de Mimosa sur lui-même, les yeux baissés, le regard bloqué par cette outre rebondie, l'occultation des jambes, des pieds, cette angoissante sensation d'être un cul-de-jatte en apesanteur. Le cri de Léonard le tira de sa rêverie.

— Bon Dieu, mais c'est lui !

Le flic se précipita vers le magnétoscope et appuya sur toutes les touches à la fois.

— Tu l'as vu, Cadin ! Tu l'as vu ?

— Tu t'y mets toi aussi… Tu mets de l'écho à tes questions ! J'ai vu comme tout le monde mais j'arrive encore à me retenir.

La bande vidéo se rembobinait. Léonard la fit défiler sur l'écran à vitesse rapide. Le couple s'agitait de manière grotesque et la fille semblait vouloir arracher le membre qu'elle tenait dans la main. Un troisième personnage fit soudain irruption dans la pièce. Il arracha ses vêtements en une fraction de seconde avant de se jeter sur la femme. Léonard remit la vitesse normale de défilement, attendit que le dernier venu tourne la tête, et bloqua l'image.

— Ce gars-là, ça ne te dit rien ?

Cadin haussa les épaules.

— Les gars, ça ne m'a jamais rien dit…

— Je suis sérieux, inspecteur. Regarde bien. Tu es certain de ne pas l'avoir rencontré ? Tu ne remarques rien à son oreille gauche ?

Cadin colla son nez à l'écran en fronçant les sourcils.

— Oh merde ! J'ai bien l'impression que tu es dans le vrai.

Seul le commerçant feignait de ne pas regarder la télé. Il se tenait courbé sur sa chaise, la tête penchée en avant. Cadin lui tapa sur l'épaule.

— Je te préviens que je suis très pressé. Tu vas me dire rapidement d'où viennent ces cassettes, qui te les fournit, qui les tourne et où ! Je tiens également à te préciser que je n'agis plus dans le cadre d'une enquête concernant un cambriolage mais dans celui d'une affaire de meurtres. Au pluriel. Si tu refuses de parler maintenant tu risques de graves ennuis et tu peux compter sur moi pour veiller à ce qu'on ne te fasse pas de cadeaux !

Le boutiquier se frotta les yeux. Il reboutonna le col de sa chemise et leva la tête vers l'inspecteur.

— Je n'ai tué personne, ça ne va pas ! Je ne fais de mal à personne… Elles viennent de chez moi… Elles

146

étaient planquées dans le placard de la pièce du fond… Et alors, c'est interdit ?

— Tu as mis le temps ! Si je comprends bien, tu diffuses ces saloperies sous le manteau à un petit réseau d'amateurs ?

— Je ne suis pas le seul ! Ce n'est pas pire que les films pornos qui sont inscrits sur les catalogues des grandes marques… Je ne vois pas la différence…

— Elle est pourtant simple : en dehors des problèmes de fisc, de droits, d'autorisations, tes cassettes montrent des mineurs. On ne plaisante pas avec ce genre de choses et les tribunaux collent systématiquement le maximum à ceux qui leur tombent sous la main. Tu les prends où ?

Il fit craquer les os de ses phalanges. Ses épaules s'affaissèrent.

— On bousille mon magasin et ce n'est pas encore suffisant… Bouclez-moi pendant que vous y êtes !

— Calme-toi. Il n'est pas dans mes intentions de t'arrêter mais pour être tout à fait tranquille il faudrait que je sache qui t'apporte le matériel. Après tu pourras partir d'ici et aller te recoucher. Promis.

— Personne ne me les apporte.

Cadin l'interrompit.

— Tu veux dire que c'est toi qui…

— Oui, exactement. C'est moi qui les tourne… J'ai installé un petit studio dans le sous-sol de mon pavillon… Je n'ai jamais forcé personne à jouer dans mes films… Ils étaient tous consentants…

Cadin fut pris d'une envie subite de lui écraser le portrait, il gonfla ses poumons d'air, à s'en faire mal et, dans un souffle :

— Même les gosses ?

147

Léonard suivait la scène. Il se planta devant le commerçant et le souleva par le col de sa chemise.

— Je ne sais pas comment tu arrives à te retenir ! Les salauds de son espèce, ça ne mérite pas qu'on discute avec eux…

Son bras droit se détendit d'un coup et la paume ouverte de sa main s'écrasa avec une violence inouïe sur la joue gauche du vendeur qui vacilla sur sa chaise. Il porta ses mains à son visage en implorant l'inspecteur.

— Il est fou… Dites-lui d'arrêter… Il n'a pas le droit…

La seconde gifle l'atteignit sur la joue droite. Cadin repoussa Léonard.

— Je t'ai posé une question : « même les gosses ? » Son visage grossissait en bleuissant.

— Parce que vous appelez ça des gosses… L'âge ne veut plus rien dire, ils en connaissent encore plus que nous… Sans compter que pour la moitié de ceux que j'ai fait travailler, j'ai eu l'autorisation des parents.

— On entrera dans le détail plus tard, fais-nous confiance. Pour le moment ce qui m'intéresse, c'est de connaître le nom et l'adresse du gars que l'on voit de profil sur l'écran.

— Comment voulez-vous que je m'en souvienne ! J'ai tourné ce film au début du printemps, en mars ou avril. C'était la première fois que je le faisais travailler. Je ne l'ai jamais revu…

Léonard s'accroupit devant lui en se frottant les poings.

— Tu as entendu l'inspecteur ? Il ne te demande pas tout le générique mais seulement les coordonnées de ce type. Fais un petit effort ou sinon je vais être obligé de te secouer… Pour être tout à fait franc, j'en meurs d'envie…

— Laissez-moi le temps de réfléchir, au moins. J'en ai engagé la moitié en passant des annonces dans le canard gratuit du département. L'autre moitié, ils sont venus par relations… Ce gars-là est arrivé dans la seconde fournée… Une comédienne complètement camée me l'a présenté… Je n'avais que ça d'abord, des camés et des chômeurs au bout du rouleau…

— Il est camé lui aussi ?

Il voulut se lever mais Léonard le repoussa sur sa chaise.

— Oui, il se piquait. C'est même pour cette raison que je ne l'ai pas repris ; il lui fallait des heures pour se mettre au garde-à-vous… les filles en avaient marre… Et pour le temps que ça durait… Je me souviens de son prénom, c'était Jacques. À l'époque il habitait rue Lautréamont.

— Eh bien, tu vois que la mémoire revient dès que l'on fait un effort. Prénom : Jacques, OK. Rue Lautréamont. Il ne manque plus que le numéro de l'immeuble et le nom de famille du Jacques en question…

— Jacques Diaz… Ça me revient… mais je ne me souviens vraiment plus du numéro. Je ne suis jamais allé chez lui… Je note leur adresse, à tout hasard, s'il y a du travail pour eux…

L'inspecteur appuya sur l'interrupteur de la télé.

— Arrive, Léonard, on file rue Lautréamont.

Mimosa s'interposa.

— Qu'est-ce que je fais de ces deux-là ? De ces deux-là ..

— Ce n'est pas compliqué, ils vont passer la fin de nuit dans la cage. Avant de les enfermer, arrangez-vous avec Mernadez pour taper leurs dépositions. Essayez de cuisiner celui qui pionçait dans la Simca : il connaît les noms de ceux qui ont cassé la boutique. Nous serons de retour d'ici une heure.

Le commerçant tenta de protester en entendant les ordres de Cadin.

— Mais vous m'aviez promis de me laisser rentrer...

Léonard en passant lui décocha une ultime claque qui le fit taire.

— Faut pas croire tout ce qui se raconte !

Cadin prit le volant. Il rejoignit l'embranchement de la voie rapide F2. Il conduisait nerveusement, changeant sans cesse de vitesse. Il contourna la zone industrielle et freina brutalement à l'entrée d'une impasse. Une plaque émaillée, éclairée par la lueur jaune d'un candélabre brillait sur le pignon d'un pavillon.

« Impasse Lautréamont
(Isidore Ducasse, dit comte de)
Écrivain français 1846-1870. »

— C'est assez rare qu'on donne ce nom à une rue...

Léonard fit la moue.

— On est des exceptions à Courvilliers. Toutes les rues de ce quartier portent un nom d'écrivain ou de poète : Rimbaud, Verlaine, Jarry, Baudelaire... Il paraît que les terrains appartenaient au père de Paul

150

Éluard. Il les a lotis dans les années vingt ou trente et il a demandé à son fils de trouver les noms de baptême…

Ils sortirent du véhicule. L'inspecteur hésita, la portière ouverte, un pied sur le rebord du caniveau.

— Hé Léonard, approche…

Le policier qui déjà s'éloignait marqua un temps d'arrêt et revint près de la voiture. Il se planta devant Cadin.

— Qu'y a-t-il? Ça ne va pas?

— On a une minute, non? Avant de débusquer Diaz, je voudrais te demander si tu as l'habitude de frapper les gens, comme ça, sans raison…

— Sans raison! Tu plaisantes? Cette crapule se fait du fric en prostituant des mômes, ce n'est pas une raison suffisante? Si ça ne tenait qu'à moi…

— Justement ça ne tient pas qu'à toi. S'il se plaint de sévices au juge d'instruction tu risques de le payer cher…

Le policier fit le tour de la R 12 pour s'asseoir à sa place.

— Il peut toujours porter plainte si ça lui chante. Tu ne vas pas lui servir de témoin! Mimosa non plus… Si je ne l'avais pas secoué il ne lâchait pas le morceau et nous ignorerions encore l'adresse du gars à la boucle d'oreille.

— Écoute, dès que tu commences à frapper c'est que tu as déjà jugé, et le jugement ça ne fait pas partie de notre boulot… La logique de tes baffes, c'est ni plus ni moins que l'installation d'une gègène dans chaque commissariat… Je ne tolérerai pas qu'un seul de mes hommes lève la main sur un prévenu. Même la plus répugnante des ordures. Allez, on y va.

L'impasse Lautréamont était une voie sombre bordée de pavillons assez anciens et de deux ou trois bâtisses un peu plus importantes, de quelques étages. D'une centaine de mètres de long, elle butait sur un mur fait d'éléments préfabriqués qui la séparait du stade municipal. Ils prirent chacun un trottoir pour inspecter les noms portés sur les boîtes aux lettres. Ils remontèrent ainsi la moitié de l'impasse. Cadin gratta une allumette pour déchiffrer les inscriptions des boîtes du numéro 19, un petit immeuble de quatre étages précédé d'une courette cimentée dont l'accès était interdit par une grille passée au minimum.

— Viens ici, je l'ai repéré.

Léonard traversa la chaussée tandis que Cadin essayait en vain de trouver la sonnette. Il se mit à secouer la grille. Une lumière s'alluma au rez-de-chaussée puis les volets de la pièce éclairée s'entrouvrirent pour laisser apparaître le buste d'un vieil homme en maillot de corps blanc.

— Vous allez arrêter ce raffut ! Tout le monde dort ici...

Il prit le temps de passer une chemise avant de sortir dans la cour, traînant les savates sur le ciment. Il se colla à la grille et observa Cadin qui se tenait devant lui.

— Mais vous n'habitez pas la maison...

Il s'aperçut alors de la présence de Léonard, en uniforme.

— ... Vous devez vous tromper d'adresse ; personne ici n'a appelé la police. Je suis le concierge, je serais au courant.

— Vous avez raison, grand-père. Personne ne nous

152

a appelés mais quelquefois on arrive à l'improviste. Nous sommes à la recherche d'un jeune type qui habite chez vous. Jacques Diaz, ça ne vous dit rien ? Un gars qui se balade avec un anneau en forme d'étoile accroché à l'oreille.

Le concierge manœuvra la grille et leur livra passage.

— Il crèche au troisième étage, mais vous tombez mal : votre oiseau n'est pas au nid. Je n'ai jamais rien compris à son emploi du temps. Des fois il reste des jours et des jours sans remuer le petit doigt. La semaine d'après il joue la fille de l'air, on ne le voit plus… Je l'entends rentrer sur le coup de trois ou quatre heures du matin… On a le sommeil léger à mon âge.

— Il vit seul ?

Ils s'engagèrent dans le couloir d'entrée, un goulot aux murs craquelés qui sentait le salpêtre.

— Pour ça, oui. On ne loge que des célibataires. Et pas de visites de nuit ! Sinon elles s'installent… Dans la journée, je ferme les yeux. Pas la nuit. Qu'est-ce qu'il a fait, il a monté un sale coup ?

Cadin mit un pied sur la première marche de l'escalier.

— Ça m'en a tout l'air. On peut grimper l'attendre dans sa piaule ?

Le concierge entra dans sa loge et décrocha une clef au tableau.

— J'ai toujours un double. Je vous accompagne ?

— Non, ce n'est pas la peine de vous déranger, grand-père. On va s'installer et l'attendre. Merci, en tout cas : ça devient rare de tomber sur des gens qui n'hésitent pas à nous donner un coup de main.

153

Le vieux bomba le torse.

— Écoutez jeune homme, ce boulot je l'ai exercé pendant près de trente-cinq ans. J'ai débuté à la préfecture de la Seine en septembre 1942. J'ai pris ma retraite en juillet 1977 ! Si les anciens n'épaulent pas les jeunots, je ne vois pas qui le fera !

Une odeur de chien imprégnait l'escalier, qui s'accentua quand ils passèrent sur le palier du premier étage, puis elle reflua alors qu'ils poursuivaient leur ascension, remplacée par celle du bois ciré. La chambre de Jacques Diaz ne déparait pas l'ensemble, une piaule de célibataire dans toute sa splendeur. Des casseroles et des assiettes auréolées de sauce tomate emplissaient un minuscule évier en émail blanc. Une étagère branlante réussissait encore provisoirement à supporter les produits d'hygiène courante : dentifrice, brosses, rasoir, mousse à raser... Sous le lavabo, à demi masquée par un rideau vichy parsemé de taches sombres, une nuée de moucherons stationnait au-dessus d'une poubelle débordant de déchets. Un journal ouvert aux pages centrales faisait office de nappe et les reliefs d'un petit déjeuner traînaient encore sur la table. La chambre était dans le même état. Un matelas nu, sans sommier, constituait le seul ameublement de la pièce avec une couette verte roulée en boule. Le linge s'entassait dans un coin : une valise pour le linge sale, une valise pour le linge propre. Le sol était uniformément jonché de journaux et de revues. Un véritable kiosque horizontal. Un article entouré d'un trait de crayon rouge attira l'attention de Cadin qui se baissa pour ramasser la feuille.

Léonard auscultait le coin cuisine, centimètre par centimètre, s'assurant du contenu des paquets de nouilles, de riz, de corn-flakes. Il s'en fallait de peu qu'il n'ouvre les boîtes de conserve ou les tubes de dentifrice. Cadin s'était réservé la chambre. Il retourna le matelas, vérifiant les coutures avant de s'attaquer à une pile de bouquins et un tas de disques. Il remua les amoncellements de linge, parfum de lavande éventé et remugle de sueur froide. . Pas le moindre indice.

— Comment ça se passe de ton côté ?

— Pas mal, j'en suis au dessert !

L'inspecteur jeta un œil dans la cuisine. Léonard venait d'étaler le contenu de la poubelle sur la table et touillait des détruits à l'aide d'une spatule en bois.

— Concombre, melon, choucroute brasserie en boîte, gitanes, canettes de 1664, pub pour autoradio, poulet, chaussette trouée… Laisse-moi une heure et je reconstitue ses menus des derniers jours avec plus de précisions qu'un médecin légiste. Je donne les marques en plus ! C'est une idée ça… S'ils étaient un peu plus gonflés ils arriveraient à se faire sponsoriser !

— Éteins la lumière et tais-toi… J'entends quelqu'un dans l'escalier…

Ils s'approchèrent de la porte, dans le noir, et collés au mur ils écoutèrent la progression des pas. Une clef s'enfonça dans la serrure, son jeu sur le métal amplifié par le silence. La porte s'ouvrit en couinant projetant la lumière du palier sur la table recouverte d'immondices. Jacques Diaz lâcha sa clef et se précipita vers l'escalier qu'il descendit en un temps record. Les deux policiers se lancèrent à sa poursuite en gueulant.

— Arrête-toi…

Quand ils traversèrent la courette, le fuyard avait déjà couvert la moitié de l'impasse. Léonard dégaina son arme.

— Je lui tire dans les pattes ?

— Pas question. C'est le moment où jamais de me montrer à quoi sert ton entraînement de champion.

Cadin remarqua alors la CX qui manœuvrait tous feux éteints et barrait la rue. Bob en sortit, une courte matraque à la main. Il coinça Jacques Diaz contre une fourgonnette en stationnement et commença par lui assener un coup sur le dessus du crâne. L'autre s'affaissa sans un cri, se couchant sur le trottoir les jambes repliées, la tête rentrée protégée par ses bras afin d'offrir le moins de surface possible aux coups. Léonard s'était précipité vers lui. Il stoppa le bras de

Bob et se pencha sur Diaz. Il le saisit par les cheveux, le forçant à tourner la tête.

— Hé inspecteur… C'est bien notre homme : il a la boucle en forme d'étoile…

— Passe-lui les menottes et fourre-le dans la bagnole. J'espère qu'on ne nous l'a pas trop abîmé et qu'il va pouvoir parler en arrivant au commissariat.

L'inspecteur contourna Bob, l'ignorant, mais le municipal le retint par le bras.

— Oh, pas si vite… Vous pourriez au moins dire merci ! J'ai vu votre R 12 en faisant ma ronde. Je me suis dit que vous deviez être en planque… Je crois que j'ai bien fait. Sans moi il y a des chances pour que votre gars se soit paumé dans les cités…

Cadin se dégagea et l'observa par-dessus son épaule. Cette fois il portait un col roulé mais ses yeux étaient toujours en alerte, les pupilles ne cessant de naviguer de droite à gauche à la recherche d'un ennemi imaginaire.

— Je ne vous ai rien demandé et je ne vous dois rien. J'étais à deux doigts de le prendre… Vous avez tout juste réussi à le mettre K.-O. Je peux le signaler dans mon rapport si vous êtes payés à la pièce…

— Pauvre con ! Tu ne sais pas où tu as mis les pieds. Un de ces jours c'est moi qui te donnerai des ordres.

— En attendant je vous conseille de surveiller votre langage. Je n'hésiterai pas une minute à vous faire plonger pour injures. Et je vais vous donner un ordre à exécuter immédiatement : débarrassez-moi la rue, j'ai besoin de sortir…

Il serra les dents et tourna les talons. La CX fit

demi-tour et quitta l'impasse dans le hurlement du moteur martyrisé.

Parvenu au commissariat, Jacques Dıaz accepta seulement de décliner son identité. Léonard lui fit vider ses poches et fit l'inventaire de ce qu'elles contenaient : des clefs de voiture, un calepin, près de huit cents francs en billets. Il feuilleta le carnet et découvrit un sachet rempli de poudre blanche collé sur l'intérieur de la couverture cartonnée.

— Tiens, tu savais qu'il y avait ça dans ton calepin ?

Diaz haussa les épaules, refusant de prononcer le moindre mot. Cadin le traîna devant le téléviseur, enclencha la cassette porno dont il interrompit le défilement dès que Diaz apparut à l'image. Mais ce dernier opposa un silence tenace aux questions de l'inspecteur. Mimosa le confronta au commerçant qui confirma l'avoir engagé quelques mois plus tôt.

Cadin se sentait vidé, incapable d'organiser l'interrogatoire, de préparer son réseau de questions, d'imaginer les recoupements. Il trouvait à peine la force de maintenir ses yeux ouverts. Il s'appuya sur la télé.

— J'ai un coup de barre. Je monte dormir une petite heure. Pendant ce temps-là serrez-le de près au sujet des cassettes et de la came. Pas un mot concernant la mort des Werbel ; on lui fera la surprise quand il sera bien à point...

Il monta dans son bureau, posa sa tête entre ses bras repliés. Le tic-tac de sa montre résonnait dans son crâne, rythmant le seul mot qu'il parvenait encore à comprendre : « dormir... dormir... dormir... »

Chapitre sept

Le caporal passa sous l'emblème du « Centre de Coordination Inter-Armées » puis disparut dans la pénombre du baraquement. Il lui fallut plusieurs secondes pour s'habituer à l'obscurité. L'odeur de vomissures, de déjections, celle âcre du sang lui frappa instantanément l'estomac. Comme s'il y était confronté pour la première fois. Il distinguait jusqu'aux relents de Crésyl qui se mêlaient aux puanteurs des corps à la question. Il se tint au chambranle de la porte, soudain pris d'un vertige. Un second militaire l'observait du fond de la pièce, les mains posées sur le capot d'une machine à écrire.

— Ça n'a pas l'air d'aller très fort ?

— Ce n'est rien, sergent, ça va passer. Probablement ce soleil. Je suis resté à me sécher, après la douche… Il tape dur. Et puis ça pue vraiment ici, ça en devient insupportable. Dès qu'on en a fini avec lui, on aère… Il y a au moins deux mois que les fenêtres n'ont pas été ouvertes !

Le sergent se leva pour fouiller les poches de sa veste accrochée au portemanteau. Il en sortit un paquet de troupes froissé qu'il tendit au caporal.

— *Tu en veux une ?*

Le caporal accepta et se mit à fumer la gauloise sans changer de place. Le sergent rompit le silence.

— *Tu peux te mettre au ménage dès maintenant si ça te chante. Celui-là n'y trouvera rien à redire...*

Il fit un signe de tête en direction de la cloison et agrippa le tissu de la djellaba blanche quand le caporal passa à sa portée.

— *Dommage que tu ne sois pas arrivé une minute plus tôt... Avec ton déguisement il aurait cru qu'on lui envoyait le marabout !*

Le caporal pénétra dans la pièce attenante. Il enregistra machinalement la saleté poisseuse du cagibi où il passait la majeure partie de sa vie depuis des mois... Quelques heures chaque jour. Des heures qui le poursuivaient inlassablement toutes les minutes de ses veilles, toutes les secondes de son sommeil jusqu'à occuper sa vie entière, se confondre avec elle... Des mois d'une fatigue extrême, intense, des mois employés à briser des hommes, quoi qu'il en coûte.

Questions. Recoupements. Chantage. Menaces.

Questions. Chantage. Menaces.

Questions. Menaces.

Menaces... et les coups qui pleuvaient.

L'excitation qui gagne, nourrie par l'alcool. Les souvenirs qu'on oublie, qu'on supporte grâce à l'alcool... Et les coups de plus en plus précis.

Allez, parle. Parle donc, pour que tout s'arrête.

Parle, parle donc. Pour toi, mais aussi pour moi. Pour que tout s'arrête pour moi. Imbécile que tu es, parle. Tu ne comprends pas que nous savons déjà tout. Oui, tout. Parle sans crainte, tu ne trahis personne... L'important, c'est que tu parles...

160

Il n'avait jamais rien vu de pire que les larmes inutiles de celui qui craque après avoir subi l'insupportable.

Là-bas l'homme ne bougeait plus, le corps cassé en avant contre l'émail de la baignoire, la tête immergée dans l'eau noire. Deux fils flottaient à la surface. Le caporal les suivit des yeux jusqu'à la boîte flanquée de ses deux manivelles. Il s'approcha du corps et souleva la tête, par les cheveux. Deux pinces électriques étaient accrochées aux lobes des oreilles du mort. Il arracha les électrodes, les lança contre le mur et allongea le cadavre sur le parquet inondé.

Le mort avait encore les yeux ouverts sur quelque chose comme un sourire.

Chapitre huit

Cadin se réveilla peu avant sept heures du matin. L'empreinte du tissu de sa veste imprimait encore sa joue et sa tempe quand il descendit dans la salle de permanence. Mernadez écrivait à la table des mains courantes. L'inspecteur se glissa derrière lui, sans bruit, et lut par-dessus son épaule :

« *Cette fois tristement, il me faut les changer*
Ils ont fait leur usage et je dois les ranger.
C'est de mes vieux souliers dont je parle attendri.
Oui, de mes godillots, un peu comme d'amis.

Dieu qu'elles en ont vu ces vieilles chaussures,
Les Ardennes, Saigon, puis Mai soixante-huit.
Qu'ici je ne les cite, la pudeur exigeant,
Ce serait cent histoires et maintes aventures. »

— Le troisième vers du second quatrain est bancal, vous ne pensez pas ? C'est un peu tiré par les cheveux que de faire rimer « soixante-huit » avec « exigeant », non ?

Mernadez sursauta. Son premier réflexe fut de cacher son texte. Son visage s'empourpra.

— J'ai l'intention de l'améliorer, inspecteur… Ce n'est qu'un premier jet.

Cadin leva le menton au ciel pour signifier la réflexion.

— Essayez donc avec « de jour comme de nuit » au lieu de « la pudeur l'exigeant ». Vous aurez les six pieds réglementaires et ça tiendra debout. Au fait, une question : les Ardennes, Saigon, vous avez fait tout ça ?

— Non, ni l'un ni l'autre… J'ai seulement fait Mai soixante-huit, mais c'est pour le poème… l'histoire d'un vieux flic qui range sa paire de godillots en partant à la retraite… Qu'est-ce que vous en pensez… Sincèrement ?

— Il y a beaucoup d'émotion dans ce que vous écrivez, Mernadez. Beaucoup… Continuez.

Mimosa somnolait près de la cage où les trois détenus s'étaient partagé l'espace. Le commerçant dormait sur la banquette de bois, sa veste roulée sous sa tête en guise d'oreiller, Jacques Diaz se tenait debout, adossé à la porte grillagée, tandis que le jeune gars pris avec le butin dans la Simca s'était fourré sous la banquette, la figure tournée contre le mur. Léonard prenait l'air, assis sur les marches du commissariat. Le soleil bas découpait au loin la silhouette de l'usine.

— Allez, tu viens, on va s'y mettre…

Ils ouvrirent la cellule pour en extraire l'acteur et le conduisirent à l'étage, dans le bureau de Cadin. Le manque de sommeil lui creusait les traits.

— Vous n'auriez pas un clope…

Il parlait d'une voix lasse, traînante, qui fut à moitié couverte par le raclement de ses talons sur le parquet quand il allongea ses jambes.

— ... Vous n'allez pas me garder ici toute la journée pour une malheureuse dose...

— Non, dans un sens tu as raison : on n'en a rien à foutre de ton sachet de dope. N'est-ce pas, inspecteur ?

Cadin approuva d'un mouvement de tête, provoquant l'étonnement de Diaz qui regarda tour à tour les deux flics.

— Vous n'avez quand même pas fait la connerie de m'enchrister pour ces putains de films ! J'ai bien le droit de gagner mon fric comme je veux... Je suis majeur...

Il fit mine de se lever mais Léonard le repoussa sans ménagement.

— Ça non plus, ça ne nous intéresse pas. Tu peux essayer de te bâtir une fortune avec ta queue s'il y a assez de malades prêts à payer pour voir ça...

— Qu'est-ce que vous me voulez alors ? Vous n'avez pas mobilisé toute la flicaille de Courvilliers pour m'interviewer... Jusqu'à un guet-apens dans ma rue... Je ne comprends rien à vos salades...

L'inspecteur n'avait pas prononcé la moindre parole jusque-là. Il se tenait debout, une épaule appuyée au mur décoré des posters de footballeurs.

— On ne parle pas des mêmes histoires, c'est tout. Tu as raison pour les films, tu fais ce que tu veux de ta viande. Quant à la came c'est sûr que je ne vais pas obliger chaque flic de ce commissariat à courir après chaque gramme qui se balade dans Courvilliers. Il me faudrait un homme par junkie. En revanche ce qui me passionne ce sont tes relations avec la famille Werbel...

164

Il fronça les sourcils.

— Vous devez faire erreur, je n'ai jamais entendu ce nom-là.

— Tu ne lis pas les journaux non plus ? Ta piaule en est remplie.

Cadin venait d'élever la voix, malgré lui. Diaz l'imita.

— Puisque je vous dis que je ne les connais pas !

— Ne joue pas au plus malin avec moi, Diaz. Tu risques en ce moment une inculpation pour meurtres. Ceux de Claude et de Monique Werbel... Du travail soigné : une balle de 7.65 chacun. Des exécutions préméditées, sans bavure... Avec ton profil d'acteur porno et de camé, tu en prends pour vingt ans...

Il se mit à crier, le visage déformé par la colère.

— Vous êtes complètement dingues... Je n'y suis pour rien. Je vous répète que je ne les connais pas... Vérifiez mon emploi du temps... Je ne sais même pas quand ils ont été tués, ces deux-là...

— Calme-toi car j'aime mieux te dire qu'on n'en a pas fini avec toi. On a déjà vérifié ton emploi du temps pour la nuit de lundi 23 à mardi 24. À quatre heures du matin, quelques minutes après la mort des Werbel, deux témoins t'ont vu sortir en trombe de leur immeuble. Tu courais sacrément vite, comme si tu avais le diable aux trousses. On t'a formellement identifié, il vaut mieux maintenant que tu te mettes à table. On en tiendra compte.

— C'est de la folie furieuse, votre histoire ! Je ne sais même pas où ils crèchent, vos Werbel. Amenez-les-moi, ces témoins... Ils doivent drôlement forcer sur la bouteille...

— Ce ne sera pas bien difficile, tu les as devant les

165

yeux. Un flic et un inspecteur. Tu joues vraiment de malchance.

Jacques Diaz ouvrit la bouche, incapable de la moindre réaction, comme un boxeur groggy debout. L'inspecteur lui laissa le temps de se remettre les idées en place.

— Cette nuit-là, un peu avant quatre heures on nous a appelés de la cité République. Des voisins avaient entendu des sortes de coups de feu. Quand on est arrivés dans le hall un type a surgi du local à boîtes aux lettres où il se planquait. Il a traversé le hall et filé dans les ruelles du quartier. On a été à deux doigts de le coincer mais une bagnole qui passait sur l'avenue a failli nous foutre en l'air et a coupé notre élan. Ce gars te ressemblait comme un frère... Il portait également un anneau à l'oreille gauche...

Cadin fit un pas vers Diaz et avança la main pour saisir la boucle.

— ... Un anneau en forme d'étoile... Ce n'est pas très courant, un modèle pareil...

Jacques Diaz tourna brusquement la tête pour éviter le contact avec l'inspecteur. Il se mit à parler très vite d'une voix nerveuse.

— Il faudra trouver autre chose pour me faire plonger. J'étais bien à la cité République cette nuit-là, à peu près à l'heure que vous dites... Je n'ai pas eu le temps de vous voir en détail, j'ai paniqué quand la bagnole de police s'est pointée sur le parking... J'ai tenté le tout pour le tout...

— Tu étais donc bien dans le hall. Tu le reconnais ?

— Vous êtes sourd ou quoi ? Bien sûr que j'y étais... mais je n'ai pas envie de me ramasser une inculpation

166

pour meurtre… Je ne connais vraiment pas votre type, ce Werbel. Autant vous mettre au parfum : la cité République sert de magasin central. C'est là que tous les accros de Courvilliers viennent s'approvisionner. C'est ce que je faisais… Il suffit de passer un coup de fil dans un troquet et de demander « Claude »… On te donne une heure précise ainsi que le numéro d'une boîte à lettres de la cité République. Des boîtes qui correspondent à des appartements inoccupés. Il suffit ensuite de se pointer à l'heure dite, de laisser le fric dans une enveloppe puis d'aller faire un tour. Dix minutes après tu reviens et la marchandise est disponible à la place de ton fric. Ni vu ni connu… Rien n'interdit de déposer du fric dans une boîte à lettres et c'est pas de ta faute si tu trouves une dose, par hasard… C'est comme ça que ça marche en ce moment…

— La came que tu planquais dans ton calepin venait de là ?

— Je terminais tout juste mes courses quand vous m'avez piqué dans ma rue… Je pensais vraiment que vous couriez après la dope… Vous pouvez vérifier ce que je dis, le numéro de téléphone est inscrit dans mon carnet, au verso de la couverture.

Léonard descendit chercher l'enveloppe kraft contenant les objets prélevés sur Diaz durant la fouille. Il rentra dans le bureau, le calepin à la main. Il le tendit ouvert devant le visage de l'acteur.

— C'est bien ce numéro ?

— Oui. Passez un coup de fil : le café ouvre à six heures du matin, pour la première équipe…

— Tu es sûr que ton « monsieur Claude » sera là ? Il doit dormir le matin s'il se promène dans les couloirs de la cité République jusqu'à des quatre heures…

— Il prend les commandes, c'est tout… C'est le nom du garçon. J'ai vraiment envie que cette histoire se règle au plus vite. Vos conneries de meurtres, ça pue un maximum… Laissez-moi téléphoner, il connaît ma voix, il ne se méfiera pas.

Cadin approcha le téléphone, gardant la main sur le cadran.

— J'accepte de jouer le jeu mais je te préviens qu'au moindre faux pas je m'arrange pour te faire inculper. Compris ?

— Je ne suis pas fou. Je vais lui demander de me fournir en urgence… Il va marcher, je vous le jure…

Cadin colla son oreille à l'écouteur.

— Claude, c'est pour toi…

Il perçut nettement les bruits de percolateur, de flipper, les commandes des clients après qu'un premier correspondant eut décroché et laissé le combiné de côté le temps que le garçon réponde à l'appel.

— Ici Claude. C'est pour quoi ?

— Jacques Diaz à l'appareil…

Il étouffait sa voix, hachait ses mots, simulant l'angoisse.

— … Je me suis pointé cette nuit, à l'heure convenue…

Le garçon lui coupa la parole, sèchement.

— J'ai déjà averti que je ne traitais pas d'affaire le matin. Rappelle à partir de trois heures cet après-midi. Tu as eu ce qu'il te fallait, non ?

— Oui, bien sûr… Mais je me suis fait arranger par des mecs, dans la rue… Ils m'ont tout piqué. Je crache comme un malade. . Il faut que tu m'en donnes le plus vite possible. Tu me connais, je suis régulier…

L'autre, au bout du fil, eut un moment d'hésitation.

Le visage de Diaz s'illumina quand le garçon tomba dans le panneau.

— Putain, vous êtes tous les mêmes ! Je ne peux pas bouger mais j'envoie un coursier… Boîte 66 231. Essaye d'y être dans un quart d'heure. Tu as de la monnaie au moins ?

— T'inquiète pas, j'ai ce qu'il faut. Je te revaudrai ça.

Il raccrocha et Cadin reposa l'écouteur. Il ne se sentait pas d'attaque pour courir cité République et confia la tache à Léonard, le faisant accompagner de Mernadez. Les deux policiers endossèrent leurs vêtements civils. Ils partirent à pied, encadrant Jacques Diaz, la R 12 déglinguée se repérant un kilomètre à la ronde. L'inspecteur descendit boire un café en compagnie de Mimosa qui en offrit également aux deux derniers prisonniers. Ils finissaient de le boire quand Diaz et les deux flics franchirent la porte du commissariat. Léonard posa un minuscule sachet de cellophane empli de poudre blanche sur la table, devant Cadin.

— On ne l'a pas perdu de vue une seule seconde. Ça s'est déroulé exactement de la manière dont il nous l'avait annoncé.

— Comment a-t-il payé ? J'espère que vous n'y êtes pas de votre poche… Des flics qui achètent de la blanche… Ça ne passera pas sur la note de frais !

Léonard le rassura.

— Non, c'est avec son fric… Je l'avais pris avant de partir…

Puis plus bas pour ne pas être entendu de Diaz.

— … Qu'est-ce qu'on en fait ? Il n'a pas l'air de nous avoir menti. Son histoire tient debout… On le boucle pour trafic de drogue ?

— Je ne pense pas que ça en vaille la peine. Tu prends le temps nécessaire pour lui faire signer une déposition précise concernant la nuit de lundi à mardi. Tu n'hésites pas à couper les minutes en quatre. Qu'il sente bien qu'on lui passe la bride sur le cou. Ensuite tu lui fais dire tout ce qu'il sait sur le petit réseau du Claude en question. Quand ce sera fini, fous-le dehors en lui signalant que nous risquons d'aller lui rendre visite de temps en temps et qu'il est dans son intérêt de ne pas nous faire courir.

Ils s'installèrent sur la grande table de la salle de permanence, entre les amoncellements de matériel audiovisuel et la vaisselle sale. Quelques minutes avant le changement d'équipe et l'arrivée du commissaire Périni, Pierre Molier pénétra dans la pièce, s'arrêta, cherchant du regard vers qui se diriger. Il vit Cadin et s'avança vers lui, essayant d'accrocher un sourire à ses lèvres. Cadin le laissa venir sans esquisser un geste, faisant semblant d'examiner une télé, passant les doigts sur le carénage de l'écran. Molier portait cette fois un ensemble en toile claire, genre saharienne dont le tissu se tendait à chacun de ses mouvements. L'embonpoint du responsable du service sécurité de Hotch ne devait pas faire illusion : Molier entretenait sa forme.

— Bonjour, inspecteur. Le commissaire Périni est-il là ?

Cadin leva la tête, la main posée sur le téléviseur.

— Non, pas encore… Vous arrivez un peu trop tôt. En revanche vous arrivez un peu tard pour moi… Je pensais recevoir de vos nouvelles dès hier, après mon entrevue avec vos chefs…

170

— Je suis à votre disposition. Je ne suis rentré que dans la nuit… J'aimerais régler rapidement ce malentendu au sujet de la voiture de service… On m'attend à l'usine.

Cadin débarrassa la table du lot de tasses sales, dégageant assez de place pour poser une machine à écrire. Seules les piles d'appareils vidéo les séparaient de Diaz et Léonard.

— Asseyez-vous, monsieur Molier. Il ne s'agit pas d'une affaire trop compliquée. C'est surtout embêtant pour cette fille, Maryse. J'attendais justement de connaître votre point de vue pour téléphoner à Bobigny et mettre un terme à la garde à vue dont elle fait l'objet.

L'inspecteur introduisit une feuille entre les rouleaux de l'Olympia, y porta la date, son nom, son numéro matricule puis fixa Molier.

— Non, prénom, date et lieu de naissance, profession et adresse actuelle ?

— Pierre Molier, né le 2 septembre 1939 à Bourges, directeur du service de sécurité chez Hotch. J'habite au 15 de la rue H. Moreau, à Courvilliers…

— Le H avant Moreau, c'est quoi ? Henri ?

Molier fit une moue et haussa les épaules.

— Peut-être.. ·Sur la plaque il y a juste « H. Moreau »… mettez H. Moreau… C'est important ?

— Non, ça ne sert à rien… Venons-en aux faits. Maryse nous a déclaré que c'était vous qui lui aviez prêté cette voiture de service avec laquelle on a intentionnellement renversé un cycliste. Vous le confirmez ?

— Vous me posez deux questions en une et les réponses ne sont pas identiques. D'une part je vous réponds que c'est bien moi qui ai fourni cette voiture à Maryse mais d'autre part rien ne m'autorise à vous dire que ce cycliste ait été renversé « intentionnellement ».

— Ne jouons pas sur les mots… Il vous arrive souvent de procurer des voitures de service à des employées afin de leur permettre de sortir en boîte ?

Le visage de Jacques Diaz dépassa soudain de la pile des magnétoscopes. Il observa Molier qui tourna légèrement la tête vers lui.

— Qui c'est ce gars-là ? Il n'arrête pas de me regarder…

Cadin dut se soulever sur son siège pour apercevoir Diaz.

— Oh rien. Une histoire de came. Alors, cette voiture ?

— Je suis d'accord pour qu'on cesse de jouer avec les mots et qu'on cesse de jouer au chat et à la souris par la même occasion. Si vous voulez l'entendre de ma bouche, voilà : je sors avec Maryse… Je ne vois pas ce qu'il y a de répréhensible à ça. Vous êtes satisfait, inspecteur ?

— Oui, je suis satisfait dès qu'on me dit la vérité. Vous connaissez les gens qu'elle a rencontrés à la Diligence ? Ils font apparemment partie de votre service d'ordre.

— Je suis responsable de mes hommes durant leur temps de service. Dès qu'ils ont franchi la grille de l'usine, ils font ce que bon leur semble, et je n'ai strictement rien à en dire… Je peux essayer de me renseigner, sans rien vous promettre.

Cadin dactylographia les déclarations de Pierre Molier puis les lui fit contresigner avant de téléphoner à Bobigny pour confirmer son ordre de voir libérer Maryse. Il classa les diverses dépositions recueillies pendant la nuit et déposa la liasse de doubles dans la corbeille « Préfecture », pour le coursier. Molier le regardait faire sans bouger de son siège, jusqu'à ce que Cadin le remarque.

— C'est terminé pour vous. Vous pouvez récupérer la voiture dès que vous le souhaitez.

Molier se leva et se dirigea vers la porte.

— Pas maintenant : je suis venu avec la mienne. J'enverrai quelqu'un dans la journée.

Il se retourna pour sortir mais se cogna au commissaire qui venait de franchir le seuil de la salle de permanence. Ils se saluèrent en se serrant la main. Périni attendit que Molier s'éclipse pour coincer Cadin.

— Vous savez qui c'est, Cadin ?

Il parlait entre ses dents, excédé.

— Bien sûr, je viens de prendre sa déposition…

— Sa déposition ! Qu'est-ce que vous fabriquez ? J'espère que vous savez ce que vous faites et que vous n'essayez pas de foutre votre nez dans l'affaire Werbel, par la bande !

— Aucun rapport : Molier couche avec la môme qui s'est fait élire Miss Courvilliers. Il lui a passé la voiture qui a servi à renverser un type avant-hier… Une agression raciste… Je n'y peux rien si les trois quarts des affaires que l'on traite ici sont en relation directe ou indirecte avec cette boîte ! Il fallait bien le convoquer, oui ou non ?

— Vous vous emballez, inspecteur. Une agression raciste… On n'en sait encore rien… J'ai lu le rapport : il est possible que la voiture l'ait simplement serré de trop près lors du dépassement. Les occupants venaient de passer la soirée dans un bar. Les analyses de sang nous diront ce qu'il en est… Allez vous reposer, vous en avez bien besoin.

Il se tenait devant Cadin, avec sa figure carrée, ses épaules de catcheur, mais l'inspecteur ne le voyait pas. Il grimpa récupérer sa veste au premier et demanda à Léonard, avant de partir, de remettre Jacques Diaz et le commerçant en liberté.

Chatka l'attendait devant la porte, assis sur le paillasson, une oreille en berne. Il se baissa pour constater les dégâts. Le chat se laissa faire, étouffant ses miaulements. Il le prit dans le creux de son bras gauche et fila directement dans la salle de bains. Il dégota un fond de mercurochrome dont il imbiba un morceau de coton pour barbouiller l'oreille du chat. Le liquide traversa la boule de coton, colorant l'extrémité de ses doigts en rouge. La fatigue qui le tenaillait depuis le milieu de la nuit avait disparu dès qu'il était rentré chez lui. Il éventra deux cartons de linge dont il enfourna le contenu sur les étagères d'un placard, dans les odeurs de naphtaline. Ces dix minutes d'activité suffirent à l'essouffler. Il se laissa tomber sur le lit, dérangeant le chat qu'il se mit à caresser.

— Tu ne sers vraiment à rien, toi… Je te dorlote, je te fais ta bouffe, je te soigne et tu n'es même pas capable d'aller me chercher mon courrier sur la table !

Il s'assit sur le bord du matelas et tendit le bras vers les enveloppes. Relevé bancaire, quittance de loyer, avis de passage de l'EDF… Un seul pli n'émanait pas d'une institution. Il se demanda qui avait ressenti le besoin de lui écrire. Il déchira le bord du pli, tira deux feuilles de papier et porta directement son attention sur la signature : Alain Mény ; il lut la courte lettre manuscrite.

« Je tombe par hasard sur un article que Claude Werbel avait fait parvenir au journal, en mai dernier. Il nous en envoyait régulièrement et il est arrivé que la rédaction accepte d'en publier des extraits. Peut-être existe-t-il un rapport entre ce qu'il révèle des projets de Hotch et sa mort ? Bien à vous. »

Cadin déplia le second texte tapé à la machine.

CHROMOSOMES FLIQUÉS

Hotch se targue, dans ses publicités, de devancer le progrès et nous sommes en mesure aujourd'hui de révéler que le domaine technique n'est pas le seul où Hotch soit à l'avant-garde.

Inspiré par un récent stage aux États-Unis, dans l'entreprise-mère, notre Directeur des Relations Humaines met actuellement au point une méthode de sélection des embauches basée non plus sur les capacités professionnelles des candidats mais sur leur « fragilité chromoso-mique » ! C'est déjà une pratique courante aux USA et la société Dow Car réalise ces tests depuis plusieurs années. L'entreprise Dupont de Nemours dépiste les employés de race noire porteurs du gène d'une affection sanguine qui

175

seraient, selon les statistiques, plus enclins à se mettre en maladie. Ainsi une simple visite médicale permettrait de déterminer si tel ou tel demandeur d'emploi est SUSCEPTIBLE, un jour, d'être atteint de l'une ou l'autre des maladies statistiquement les plus courantes dans l'entreprise.

La direction justifie l'étude de ce programme par les charges qui pèsent sur les comptes, du fait de l'absentéisme. Il s'agit, en fait, d'un véritable fichage biologique qui viendrait compléter le fichage d'opinion déjà institué chez Hotch, au mépris de toute légalité. Nous sommes là en présence d'une nouvelle forme de racisme d'autant plus insidieuse qu'elle prend la science pour alibi.

Il essaya de joindre le journaliste à différentes reprises, mais le standard du canard ne savait sonner qu'occupé. Il finit par s'endormir, une main posée sur le combiné qu'il avait tiré sur le lit, près de lui.

Les deux voitures de pompiers qui passèrent sous ses fenêtres, vers deux heures de l'après-midi, toutes sirènes hurlantes, ne parvinrent pas à le réveiller. Il s'agita, essaya de se mettre sur le côté mais le téléphone lui meurtrit l'épaule. Il se remit dans sa position initiale. Le vacarme avait interrompu son rêve. Une histoire bizarre où pour la première fois il se voyait en vieillard.

Chapitre huit

Le caporal ne parvenait pas à détacher son regard du cadavre et des brûlures provoquées par les décharges électriques. Il chassa les mouches qui commençaient à s'agglutiner près des lèvres du mort, attirées par un filet de sang.

Le sergent s'inquiéta de ne pas le voir réapparaître dans la pièce principale, l'appela mais il *ne* répondit pas, incapable de la moindre réaction. *Le* sergent finit par se lever ; son passage devant la porte assombrit le cagibi.

— Ça n'a pas l'air de tourner rond, caporal... Ce connard a claqué en plein milieu, sans lâcher le morceau...

Le caporal, accroupi près du corps supplicié, demeura immobile, agitant sa tête de droite à gauche, désemparé.

— Prends la jeep et va faire un tour au claque de Bougie, ça te changera les idées. Il n'y a pas de meilleur remède au cafard. D'ailleurs on va pouvoir souffler un peu : les paras ont fini leur opération de ratissage dans ce secteur. Je ne pense pas qu'ils nous demandent trop de boulot dans les jours qui viennent.

Il me reste seulement deux fells à faire jacter... Va prendre un peu de bon temps, je demanderai à un deuxième pompe de me donner un coup de main...

Le caporal tenta de se relever, il se mit à genoux et, les mains plaquées sur son visage il essaya de faire refluer les sanglots qui agitaient son corps tout entier. Le sergent s'approcha.

— Mais qu'est-ce qui t'arrive, ressaisis-toi, bon Dieu! Moi aussi je suis crevé... On a tous besoin d'une bonne perme au pays... Arrête de chialer, on est des soldats, pas des gonzesses...

Le caporal parvint peu à peu à contenir ses sanglots. Il se redressa et traversa le baraquement en titubant. L'un des pans de sa djellaba était maculé de sang et de vomissures. Il se figea sur le seuil et cherchait des yeux l'origine du bourdonnement qui envahissait la vallée. Le bruit devint assourdissant. Il se boucha les oreilles à l'aide de ses paumes humides en hurlant et en fixant les minuscules taches noires qui grossissaient dans le ciel, fonçant droit sur lui.

Les trois Sikorsky qui appuyaient le 3ᵉ régiment de chasseurs parachutistes passèrent en rase-mottes au-dessus du camp pour un dernier salut. Tous les hommes du poste étaient sortis et agitaient les bras en direction des hélicoptères. Le vacarme des moteurs et le sifflement des pales s'estompèrent. Le caporal regagna sa chambre. Il se dirigea directement vers le lavabo. Il préleva une lame de rasoir dans le paquet de Gillette, déplia le papier de protection et, calmement, le visage impassible, il se taillada les veines des poignets. Le sang inonda la porcelaine blanche et s'égoutta sur le sol, formant bientôt une large flaque dans laquelle le caporal s'écroula.

Chapitre neuf

Après son interrogatoire, Jacques Diaz était rentré chez lui, rue Lautréamont. Le sol de la cuisine, l'évier, la table étaient couverts des ordures éparpillées par les flics lors de leur fouille, au petit matin. Il rassembla les déchets dans le coin de la pièce, près de la porte et se bourra de Burgodin. L'angoisse du début de manque s'atténua progressivement à mesure que le sommeil le gagnait, remplacée par une sorte de torpeur ouateuse. Il s'endormit et ne se réveilla qu'en fin d'après-midi, taraudé par une irrépressible envie de pisser. Il versa deux cuillerées de café soluble dans une tasse à peu près nette trouvée au fond de l'évier, plaça le thermostat du chauffe-eau au maximum et fit couler l'eau bouillante sur la poudre noire. Il but son café debout devant la fenêtre en regardant le mur de l'impasse, tenant la tasse à deux mains pour contrôler ses tremblements. Quand il eut fini de boire il s'adossa à la cloison, les yeux fermés sur les souvenirs qui se précipitaient en désordre dans sa mémoire. La boîte aux lettres, la sirène, le bleuté du gyrophare, l'arrivée des flics, la came rapidement scotchée dans son calepin, la peur... Il fit un effort pour ordonner les séquences et son front se plissa comme sous l'influence d'une violente douleur. Maintenant les images défilaient, précises. Il se revoyait cette nuit-là, marchant vers la cité République, la main crispée sur l'enveloppe remplie de billets. Il était seul dans les rues et le martèlement de ses pas résonnait sur le sol, se répercutant contre les façades grises. De loin en loin une voiture passait sur l'avenue, à vive allure. Les instructions du dealer étaient nettes : déposer l'argent dans la boîte 66 231, attendre un quart d'heure pour récupérer la dope dans la même boîte. Il se voyait, sous ses paupières, glissant la main dans le casier, tâtonnant pour trouver le sachet qu'il rangeait précipitamment dans son calepin. Il s'apprêtait à quitter le réduit quand il entendit les portes de l'ascenseur qui s'ouvraient. Il se rejetait dans un coin d'ombre. Un homme d'une bonne quarantaine d'années, massif, traversait le hall, hâtant le pas et lançant des regards inquiets dans toutes les directions. L'inconnu quittait le bâtiment et s'éloignait vers l'avenue. Pratiquement au même instant la voiture de police venait se ranger devant la cité. Les éclats colorés du gyrophare balayaient à intervalles réguliers les murs de l'entrée et le réduit dans lequel il se dissimulait. Deux flics, l'un en uniforme, l'autre en civil, un inspecteur probablement, sortaient de la R 12 et fonçaient droit sur la loge du gardien qui jouxtait le local du courrier.

Il se vit se concentrer, s'apprêter à risquer le tout pour le tout, mettant à profit le court moment où les policiers lui tournaient le dos pour s'élancer vers la porte. Il entendait les bribes de phrases, les cris des flics qui se lançaient à sa poursuite. Le sang lui cognait les tempes, son souffle, déjà, lui brûlait les poumons. Il savait qu'il ne tiendrait pas longtemps à ce rythme. Des mois, des années qu'il n'avait pas couru si vite… Il atteignit l'avenue et commença de la franchir sans même penser à s'assurer qu'aucune voiture ne risquait de le renverser. Le faisceau jaune de la CX fit briller la ligne médiane, un mètre devant lui. Il tourna la tête. Le capot gris se rapprochait à une vitesse folle. En un éclair de seconde il reconnut, au volant, l'inconnu qu'il avait vu sortir de l'ascenseur juste avant l'arrivée des flics. Le conducteur dévia légèrement de sa route et l'évita. La voiture passa dans son dos en le frôlant. Il se remit à courir sans se retourner pour se perdre dans le réseau des ruelles de la Goutte-d'Or. Jacques Diaz rouvrit les yeux. Il s'éloigna de la fenêtre et passa son blouson avant de dévaler l'escalier. Il traversa la ville, à pied, en direction du quartier de la Haie Meilland. Il était près de sept heures, les courts de tennis fonctionnaient à plein rendement. Il s'arrêta un moment pour regarder deux mômes qui s'entraînaient, accompagnées par le ronflement des tondeuses à gazon. Il dépassa le secteur des pavillons Chalandon et leurs jardins potagers. Une cinquantaine de familles qui se saignaient aux quatre veines pour conserver le droit de cultiver leurs deux rangées de poireaux. On avait simplement omis de leur signaler, au moment de signer le contrat de vingt ans, que leurs bicoques servaient surtout de mur antibruit au reste du lotissement. À quelques dizaines de mètres de leurs fenêtres, des engins de travaux publics ratissaient les champs, balisaient les voies du futur parc des expositions.

Les pavillons « Codman-Bret », du nom de leur

promoteur, étaient groupés au centre du village, à proximité de l'école maternelle et du centre commercial. Chacune de ces maisons disposait d'un vaste jardin d'agrément planté d'arbres et de fleurs. Diaz marqua un temps d'arrêt devant le numéro 15 de la rue H. Moreau. Il vérifia le nom gravé sur la plaque de cuivre :

M. ET Mme MOLIER

et distingua au travers des rideaux de la cuisine la silhouette d'une femme penchée au-dessus d'un évier. Il continua son chemin, fit plusieurs fois le tour du pâté de maisons, repassant devant le pavillon sans discerner la présence de celui qu'il avait aperçu le matin même dans la grande salle du commissariat alors qu'on les interrogeait. Il acheta un paquet de biscuits au boulanger du centre commercial sans cesser de surveiller la maison. La CX grise stoppa devant le 15 aux alentours de vingt heures trente. Pierre Molier en descendit, laissant tourner le moteur le temps de basculer la porte du garage, puis il revint à sa voiture. Diaz traversa la rue du lotissement et entra à son tour dans le garage. Molier venait de claquer sa portière, il s'immobilisa, l'air étonné, et détailla le jeune homme au visage fatigué qui lui faisait face.

— Qu'est-ce que vous foutez chez moi ?

— J'aimerais vous parler, monsieur Molier. Nous avons pas mal de choses à nous dire…

Molier écarquilla les yeux. Il ne parvenait pas à

182

savoir où il avait déjà vu ce blouson, cet air de chien malade…

— Je ne crois pas que nous nous connaissions. Sortez d'ici.

Il fit mine de tourner les talons. Diaz aboya :

— Je me fous de ce que vous pensez ! Vous avez vraiment intérêt à m'écouter… Je vous suis de très près pendant vos sorties nocturnes…

Pierre Molier sentit sa peau se hérisser. Ce type commençait à l'inquiéter.

— Dépêchez-vous, je vous écoute… J'ai encore du travail ce soir.

Il se souvenait maintenant où il avait déjà rencontré ce demi-clochard. L'inspecteur lui avait simplement dit : « une histoire de came », quand il lui avait demandé pourquoi ce gars le regardait, entre les piles de cassettes et de magnétoscopes. Mais il ne comprenait pas ce qui l'amenait là, ce soir. Diaz se rapprocha.

— Le travail attendra, j'en suis sûr… Je sais pas mal de choses sur votre visite à la cité République, la nuit où le couple s'est fait descendre…

Pierre Molier accusa le coup, il se voûta et aspira longuement pour se ressaisir.

— Vous êtes malade ou quoi ! Je n'ai jamais mis les pieds là-bas. Vous devez confondre…

Jacques Diaz se contenta de ricaner. Il posa la main sur le toit de la CX.

— J'ai probablement inventé cette bagnole… Elle a failli me foutre en l'air quand les flics me coursaient… Vous me trouvez un peu plus intéressant maintenant ? Sinon je peux toujours retourner voir l'inspecteur Cadin…

Molier capitula.

— Vous lui en avez déjà parlé ?

— Non, je voulais vous en réserver l'exclusivité… Les flics ont essayé de me coller les deux cadavres sur le dos alors que j'ignorais tout du grabuge. Si je ne m'en étais pas sorti, je crois bien que je vous aurais balancé quand je vous ai reconnu…

— Qu'est-ce que vous attendez de moi ?

Diaz se fendit d'un large sourire.

— Devinez ? Vous devez bien vous faire une idée de la valeur d'un renseignement pareil… Je ne suis pas trop gourmand mais j'ai quand même quelques petits besoins à satisfaire…

Il terminait à peine sa phrase que Molier se jeta sur lui, le projetant violemment contre le flanc de la voiture. La tête de Diaz cogna contre le montant de la portière. Il faillit s'évanouir. Molier en profita pour baisser la porte du garage et revint à l'attaque. Ses mains puissantes et nerveuses se portèrent à la gorge de Diaz. Deux pouces crispés s'enfoncèrent dans le cartilage, sous la pomme d'Adam. Diaz s'agrippa tout d'abord aux avant-bras de Molier puis il abandonna sa tentative de lui faire lâcher prise. Il suffoquait, les yeux noyés de larmes. Ses doigts glissèrent sur la carrosserie, à la recherche d'un objet qui lui permette de se défendre, de mettre un terme à l'étreinte mortelle. Sa main gauche effleura le creux formé par la poignée de la portière. Il appuya son pouce sur le bouton de métal qui s'enfonça. Dans un sursaut désespéré il tira la portière et se laissa tomber de tout son poids dans le véhicule. Pierre Molier fut surpris par le brutal recul de Diaz. Il manqua de tomber et le déséquilibre le força à relâcher sa prise. Diaz utilisa ce répit pour se caler dans l'habitacle. Il ferma la portière, verrouilla les serrures électriques et mit le contact avec les clefs demeurées sur le tableau de bord. Pierre Molier réalisa aussitôt le danger. Il s'empara d'un marteau accroché au mur, au milieu d'une panoplie complète de bricoleur et se mit à défoncer le pare-brise. La glace feuilletée résista aux premiers coups puis s'incurva. Jacques Diaz, horrifié, reprenait ses esprits, son souffle. Il tira rageusement sur le levier de vitesses, sans prendre le temps de débrayer. La mécanique grinça, hurla et la CX bondit en arrière, de toute la puissance de son moteur, arrachant au passage la porte du garage et une partie de la clôture du jardin. Elle poursuivit sa course inversée au travers de la rue et vint s'écraser contre une armoire relais de l'EDF, faisant jaillir une gerbe d'étincelles. Des flammes commencèrent à lécher la carrosserie de la CX. En quelques secondes la rue fut pleine de curieux, de voisins alertés par le vacarme, de clients du centre commercial occupés à charger leurs coffres sur le parking et qui se précipitaient vers l'accident. Plusieurs d'entre eux aidèrent Diaz à s'extraire du véhicule en feu tandis que d'autres vidaient des extincteurs miniatures sur les flammes.

L'inspecteur Cadin découpait un article dans le journal quand Mimosa entra dans son bureau, haletant. Il prit une feuille blanche et encolla le verso de la coupure de journal puis la positionna en haut à gauche.

— Une minute, je suis à vous…

Il inscrivit en lettres capitales : « Courvilliers Informations 29-8-82 » juste au-dessus du titre :

Beyrouth. AFP. Lors de l'évacuation des troupes palestiniennes, chaque camion chargé de combattants qui se rendait au port était salué par des salves d'armes automatiques pointées vers le ciel. Une coutume qui est directement responsable de la mort de 9 personnes à ce jour. Toutes les victimes ont été atteintes sur le sommet du crâne par des balles qui redescendaient sur terre après avoir atteint leur apogée.

Quand il eut terminé il releva la tête vers Mimosa.

— Alors?

— On vient d'appeler à l'instant de la Haie Meilland. La Haie Meilland… Un gars est rentré en marche arrière dans une borne électrique… Électrique… Sa voiture a pris feu. Tout en feu… Des voisins l'en ont sorti mais il n'arrête pas de demander après vous. Après vous… Inspecteur.

— Quelle adresse?

— Rue Moreau, face au numéro quinze. Numéro quinze…

Il ouvrit son tiroir, prit son arme qu'il glissa sous sa veste.

— Léonard est en bas?

— Il vous attend dans la voiture. La voiture…

Cadin dévala les escaliers et s'engouffra dans la R 12. Le flic la conduisit à fond, poussant les vitesses sans se soucier du nuage de fumée que crachait le pot d'échappement.

— Si on la casse, ils nous en fileront peut-être une

186

neuve… Depuis le temps qu'ils nous la promettent…

Léonard aborda le long virage d'accès à la Haie Meilland à près de cent vingt à l'heure, provoquant un début de panique dans la foule rassemblée près de l'épave noircie de la CX. Il freina et s'arrêta devant l'armoire électrique renversée. Cadin se précipita aussitôt vers le blessé allongé sur l'herbe d'un jardin et se pencha vers lui.

— Bon Dieu ! Mais qu'est-ce que tu fous là ? Je croyais trouver Molier… C'est sa bagnole, non ?

Jacques Diaz eut un pauvre sourire. Il se souleva en grimaçant et montra ses avant-bras couverts de larges brûlures.

— Vous ne voyez pas ce que je fais là… Je me fais bronzer… Fin août, c'est le moment ou jamais…

Cadin l'aida à s'allonger de nouveau en lui maintenant la tête.

— Ta crème solaire ne m'a pas l'air au point… On va te conduire à l'hôpital… Comment t'es-tu débrouillé pour venir te roussir les poils dans la voiture de Molier ? Vous vous connaissiez ?

Diaz ferma les yeux quelques instants et serra les dents pour contenir la douleur.

— Oh, c'est pas très glorieux… Je me suis souvenu en voyant Molier ce matin au commissariat que je n'étais pas le seul à me balader dans les couloirs de la cité République la nuit du meurtre… Un autre type venait de sortir de l'ascenseur, juste avant votre arrivée…

— Molier ?

— Oui, Molier. Je voulais revoir sa gueule pour être sûr de ne pas me tromper.

— La comédie est finie, Diaz. Regarde dans quel

187

état tu es… Dis plutôt que tu pensais avoir dégoté le bon filon. À mon avis il est trop coriace pour toi. Tu n'as pas la bonne pointure…

Il leva le menton pour montrer son cou violacé qui portait encore les traces des doigts de Molier.

— Il a failli me tuer, ce con. Un miracle que je m'en sois tiré.

— Où est-il passé ?

— Je ne sais pas. J'ai foutu sa bagnole en l'air… Elle a pris feu… Ensuite, le noir complet, le grand schwartz… Je ne me souviens de rien.

Léonard n'était pas resté inactif. Il discutait avec les témoins, relevait des noms, des adresses, prenait des notes. Il rejoignit Cadin.

— Molier a piqué la voiture d'un gars qui s'était arrêté pour éteindre l'incendie… Une Renault 9 de couleur bordeaux. Le propriétaire fait la gueule : elle était encore en rodage ! D'après lui Molier n'ira pas loin, il allait faire le plein. Il a de quoi rouler pendant vingt kilomètres maxi… On y va ?

— Quelle direction ?

— Il a pris la bretelle d'autoroute en direction de Lille. S'il s'arrête pour prendre de l'essence, on a une petite chance de le rattraper.

Cadin s'installa à la place du passager. Il décrocha le micro et se mit en rapport avec le central auquel il transmit le signalement et le numéro d'immatriculation de la R 9 en donnant l'ordre d'alerter l'ensemble des postes de police et de gendarmerie disposés le long de l'autoroute, depuis Courvilliers jusqu'à la frontière belge, ainsi que les équipes mobiles. La brigade de gendarmerie de Survilliers fut la première à entrer dans la danse.

— Le véhicule signalé vient de passer à hauteur du péage de Survilliers. Nous le prenons en chasse ?

L'inspecteur augmenta le volume d'émission afin de couvrir les bruits de tôles et les vibrations du moteur.

— Il est sorti de l'autoroute ?

— Non, il continue de rouler en direction du nord…

— Dans ce cas, laissez-le-nous.

Léonard maintenait une allure rapide et régulière. Une pluie fine se mit à tomber alors qu'ils dépassaient la Chapelle-en-Serval. Cadin l'aperçut au loin au milieu de la longue ligne droite qui plongeait dans la vallée. La R 9 quittait au ralenti le couloir situé entre les rangées de pompes de la station Total. Léonard la repéra dans la même seconde. Il écrasa l'accélérateur. Le volant de la R 12 commença à trembler entre ses mains. La voiture de Molier prenait maintenant de la vitesse, en remontant la courte bretelle d'accès à l'autoroute. Léonard parvint à se placer au même niveau.

— Accélère ! Mets toute la gomme, s'il réussit à nous passer devant, on est largués…

L'aiguille se rapprocha sensiblement du chiffre 150. Ils arrivèrent à la jonction de l'autoroute et de la sortie de la station avec deux cents mètres d'avance sur Molier. Léonard freina brusquement en contrôlant le dérapage de la R 12 pour la placer en travers de la route de Molier. Le chef du service de sécurité avait parfaitement compris la manœuvre. Il pila sans hésiter une seconde et opéra un demi-tour pour foncer sur les pompes. Une fourgonnette vint au même moment se ranger dans le couloir de ravitaillement lui interdisant toute retraite. La R 9 fit une embardée et plongea vers la gauche, derrière les bâtiments de la station-service. Elle s'emmancha à plus de soixante à l'heure dans la piste d'accès au lavage automatique. Le capot se ficha dans le rouleau frontal gorgé d'eau qui fut projeté à travers le toit en plastique ondulé de l'installation. Les tuyaux, les piliers de soutien s'effondrèrent à leur tour tandis que les arrivées d'eau, sectionnées, donnaient naissance à autant de geysers. La R 9 avança encore de quelques mètres en hoquetant, entraînant avec elle tout un fatras de tuyaux, de morceaux de ferraille, de rouleaux aux longs poils bleus.

Les deux policiers se précipitèrent pour tirer Molier de l'habitacle défoncé. Son visage était criblé de blessures occasionnées par les projections d'éclats de pare-brise mais il ne semblait pas qu'il soit sérieusement blessé. Il était trempé de la tête aux pieds, complètement sonné et tituba quand ils le mirent debout. Léonard le soutint jusqu'à la voiture de police, l'aida à s'asseoir sur la banquette arrière. Ils attendirent qu'il ait totalement recouvré ses esprits pour commencer l'interrogatoire.

Le sergent Pierre Molier donna des ordres pour qu'on se débarrasse du corps de l'Algérien supplicié. Il demanda ensuite au vieil harki d'aller chercher le caporal. Il avait bien vu, dès le départ, qu'il ne tiendrait pas le coup, mais c'était tout ce que l'État-Major semblait capable de leur fournir : des rescapés de régiments disciplinaires, des intellos qu'il fallait casser à tout prix... Il était décidé à le faire évacuer sur Bougie avant qu'il ne fasse une connerie.

Le harki revint en courant, les mains tachées de sang.

— Il va mourir ! Il va mourir ! Ses bras saignent...

Le caporal survécut, contre toute attente, et fut transféré le soir même vers un hôpital militaire d'Alger.

Le sergent Pierre Molier continua de produire du renseignement, de servir la France jusqu'au dernier quart d'heure. De retour en métropole, en 1962, il se reconvertit sans peine dans un secteur en plein essor : l'assistance sécurité des entreprises. Il monta une petite boîte avec des collègues rencontrés en Kabylie avant d'entrer, après une série de déboires financiers, au service d'une filiale marseillaise du groupe Hotch. Son efficacité, ses méthodes éprouvées lui permirent d'accéder à des postes de haute responsabilité. Ses succès le firent remarquer des managers de la direction nationale du groupe qui lui confièrent le soin de réorganiser les services sécurité de l'usine de Courvilliers, trop remuante à leur goût.

Il prit ses fonctions le 18 mai 1982, quelques semaines seulement avant la mort de Claude et Monique Werbel.

Le patron de la station-service faisait le siège de la R 12 pour obtenir de l'inspecteur qu'il rédige sur-le-champ un procès-verbal décrivant avec précisions les circonstances de la destruction de son aire de lavage automatique. Cadin l'expédia.

— On a l'habitude de faire les choses en règle... Allez plutôt me chercher du coton et du Mercryl, enfin un truc dans le genre, pour lui nettoyer la figure.

Le commerçant obéit avec mauvaise grâce et revint avec une boîte de Kleenex, du sparadrap et un flacon d'alcool à 90°. La brûlure de l'alcool acheva de réveiller Molier.

— Tu nous as assez fait courir, Molier. Il serait temps que tu nous expliques ce que tu fabriquais chez les Werbel la nuit de leur mort ?

Le chef du service de sécurité de Hotch n'essaya même pas de discuter l'affirmation de Cadin. Sa fuite, sa tentative de tuer Diaz étaient autant d'aveux. Il se cala au fond du siège tandis que l'inspecteur collait quelques morceaux de sparadrap sur ses blessures les plus profondes. Il se mit à parler doucement, d'une voix monocorde le regard fixé sur le rétroviseur.

— Aussi bizarre que cela puisse paraître, toute cette histoire a commencé en Algérie, pendant la guerre. J'avais le grade de sergent et je m'occupais d'un DOP... Le Dispositif Opérationnel de Protection de Souk-Lémal, pas loin de Bougie... Ça s'appelle Béjaïa... On avait pour mission de démanteler les réseaux FLN, coûte que coûte... Le principal, c'était de faire vite et traiter les prisonniers d'un jour sur l'autre... C'étaient les paras du 3e régiment qui nous les fournissaient. On se relayait jour et nuit pour faire parler les fellagahs... La moindre information pouvait sauver la vie des gars d'une patrouille ou empêcher un fell de poser une bombe... Au début ils nous donnaient des professionnels de l'action psychologique, des types qui étaient passés par l'Indo et qui ne se posaient pas trop de questions sur les méthodes de la guerre antiguérilla... Et puis, plus ça a été et plus on tombait sur des appelés, des

192

deuxièmes pompes du contingent… Ils renâclaient en arrivant mais quand on leur mettait le nez dans la merde, quand ils voyaient l'un des leurs baignant dans son sang, le bide ouvert, ils s'y mettaient, comme les copains… Claude Werbel a commencé par jouer les mariolles… Il a fini par tourner la manivelle pour m'aider à discuter avec mes clients…

Après sa tentative de suicide, le caporal Claude Werbel fut soigné durant trois mois à l'hôpital militaire d'Alger puis transféré au Val-de-Grâce. Les médecins militaires le réformèrent le 12 décembre 1961 et lui attribuèrent un coefficient d'invalidité de 40 %. Sa vie se résuma, jusqu'en 1965, en aller et retour dans les couloirs de l'hôpital psychiatrique de Bordeaux où sa mère et sa sœur venaient le visiter. Il n'aborda jamais avec quiconque la nature des événements qui lui avaient ôté le goût de vivre. Il sortit en juillet 1965, quand les psychiatres estimèrent que son état autorisait une tentative de réinsertion dans le monde ordinaire. Il reprit ses études, les abandonna définitivement. Les services de la formation professionnelle lui proposèrent un stage d'ajusteur. Il exerça cette profession dans diverses entreprises qu'il quittait toutes assez rapidement. En 1970 il se fit embaucher chez Hotch, au moment de l'extension des activités du groupe. Il découvrit alors les effroyables conditions de vie et de travail des ouvriers que Hotch faisait venir des quatre coins du monde. Il trouva là une raison de vivre et inconsciemment un moyen de se racheter, d'effacer de sa mémoire les heures sombres de sa jeunesse.

Mais ses rêves d'une vie meilleure, ses espoirs de
fraternisation étaient hantés chaque nuit par les cris
des suppliciés de Souk-Lémal.

Cadin avait accusé le coup. Il ne trouva rien à dire
sur le moment. Pour lui Claude Werbel n'avait cessé
d'apparaître comme un homme ordinaire, un être
simple, désemparé par la rupture d'avec sa femme. Il
le découvrait aujourd'hui meurtri, écrasé de remords
et de douleur. Seul au monde.

Pierre Molier continuait à parler d'un ton égal,
ignorant le trouble de l'inspecteur.

— Il n'a pas tenu le choc très longtemps. Il a craqué le jour où les paras quittaient la région, après
l'opération de ratissage « Corne de gazelle ». Il a
failli y passer... C'est un harki qui l'a trouvé dans sa
piaule, les veines tailladées. Hôpital militaire, Val-de-
Grâce... Pour lui la guerre était finie. Je n'ai plus
jamais eu de nouvelles de lui. En 62 je me suis installé près de Marseille, j'ai essayé de lancer une
petite entreprise de gardiennage mais ça n'a pas marché comme je voulais. On faisait des petits boulots
pour une filiale de Hotch, une boîte de composants
électriques, et ils m'ont proposé de monter leur service de sécurité. Ensuite j'ai tourné dans toute la
région Provence-Côte d'Azur pour mettre au point
les systèmes de surveillance du groupe. Il y a quatre
mois, on m'a demandé de prendre en main la sécurité
de Courvilliers. En urgence...

Cadin prenait des notes, essayant de ne pas perdre
le fil du discours de Molier.

— Pourquoi étaient-ils si pressés ?

— On peut raconter ce qu'on veut, mais notre travail consiste à préserver la paix sociale dans l'entreprise. Et là, à Courvilliers, on était à deux doigts de la catastrophe… Laubrard a mis sur pied, il y a plus de quinze ans maintenant, un système d'encadrement basé sur une sorte de syndicat-maison, l'Association . Il s'y cramponne toujours sans comprendre que cette méthode n'est plus adaptée à la situation… De l'autre côté Géron, son adjoint, magouille à la petite semaine avec un photographe de quartier pour tenter de déconsidérer les gens d'en face…

L'inspecteur cessa brusquement d'écrire.

— C'est donc Géron qui a fait fabriquer le dossier de photos pornos où figurait Monique Werbel ?

— Oui, c'est lui… Dès que je les ai eues entre les mains je lui ai dit que sa tentative était vouée à l'échec, mais ça ne l'empêchait pas de préparer le même genre de documents sur Gérard Govil et les autres responsables syndicaux… Laubrard et Géron passaient la moitié de leur temps à se bouffer le nez, à monter des provocations de bas étage alors que la solution consiste à mouiller les adversaires…

— Quand as-tu revu Claude Werbel à Courvilliers ?

— Laubrard a prononcé son nom à plusieurs reprises devant moi dans les semaines qui ont suivi mon arrivée, mais je n'ai pas fait le rapprochement… Vingt ans, on oublie… Et un jour on est tombé nez à nez au milieu d'un atelier… La même gueule… J'ai dû lui tendre la main… Je me suis repris et j'ai fait semblant de ne pas le reconnaître, attendant qu'il me salue… Il a baissé les yeux. À ce moment précis j'ai su que je le tenais… Tout le monde ignorait son passé. Il me suffisait de menacer de révéler ses états de service en Algérie pour l'anéantir...

— Ce n'est pas la méthode que tu as choisie...

Molier esquissa un sourire.

— Non, je l'ai laissé mijoter pendant une dizaine de jours pour voir comment il allait se comporter. Géron a eu la mauvaise idée de lancer ses dossiers pornos dans l'intervalle... Werbel ne savait plus quoi penser... Il se faisait tirer comme un lapin. Il a craqué en l'espace d'une semaine. L'effondrement... Il a laissé tomber son boulot, ses activités, et s'est séparé de sa femme en laissant entendre de cette manière qu'il croyait à la véracité des photomontages. Géron pavoisait et s'attribuait la descente en flèche de Werbel. À l'écouter, tout le mérite était à mettre à l'actif de son idée débile. Après ce désastre, j'ai mis du temps à trouver ce que je pouvais négocier avec Werbel contre mon silence...

— Il a accepté de te rencontrer ?

— Il n'avait pas le choix. Tout le monde pensait qu'il s'écartait en raison de la mise en cause de sa femme. Je détenais un atout maître... J'ai exigé qu'il me livre la liste intégrale des candidats pour les élections des délégués du personnel de septembre prochain...

L'inspecteur approuva de la tête et se tourna vers Léonard qui suivait le récit de Molier appuyé sur le volant.

— C'est la fameuse liste que tu as sortie de la poche de Werbel.

Pierre Molier ignora l'interruption de Cadin.

— Je savais qu'il pouvait les obtenir... Pour les candidats qu'il soutenait, ça ne posait pas de pro-

196

blèmes, et les autres syndicats lui faisaient assez confiance pour entrouvrir leurs dossiers. Si je réussissais un coup pareil, j'enfonçais Géron et je décapitais tout le mouvement de contestation contre Hotch. Nous nous sommes rencontrés à deux reprises. Il avait ma promesse de soldat qu'une fois les noms en ma possession, je l'oubliais. Définitivement. Il m'a contacté dimanche dernier... il me demandait de le retrouver chez lui, le plus discrètement possible. Nous nous sommes mis d'accord pour la nuit de lundi à mardi. Je recevais des amis à la maison, des anciens de Marseille. Nous avons joué aux cartes jusqu'à plus de trois heures du matin. J'ai pris ma voiture pour leur ouvrir le chemin jusqu'à l'autoroute puis j'ai filé cité République. Werbel m'attendait pour me servir un discours moralisateur sur notre action en Algérie... qu'on s'était servi de nous, que nous avions été manipulés, qu'on avait profité de notre jeunesse, de notre inexpérience... Ils sont des milliers comme lui qui ont le sentiment d'avoir bousillé leur conscience, qui courent après la rédemption... Moi, je me suis contenté d'obéir aux ordres et si cette guerre avait tourné autrement, aujourd'hui on nous traiterait en héros...

Cadin lui coupa la parole.

— Il ne t'a pas donné la liste puisque nous l'avons trouvée sur lui...

— Il s'en est fallu de peu que cela ne se termine comme prévu, mais sa femme a soudain fait irruption dans la salle où nous discutions, la salle de séjour. Elle devait être là depuis plusieurs minutes mais nous ne l'avions pas entendue rentrer...

— Elle venait à l'improviste ou bien il t'a semblé que son mari attendait sa visite ?

— Non, elle est arrivée à l'improviste… Elle tenait ses clefs à la main… Je crois qu'elle revenait essayer de convaincre Claude Werbel de reprendre la vie commune… Elle demeurait persuadée, avant d'entrer dans cette pièce, que leur séparation résultait de cette minable histoire de photos. En un instant, nous écoutant, elle a découvert la véritable cause de l'attitude de son mari… Elle l'a entendu négocier une trahison contre un silence… Je la reverrai toujours… Elle a traversé la pièce sans dire un mot et s'est dirigée vers la chambre. Elle en est ressortie un pistolet à la main… Elle s'est mise à crier qu'elle voulait nous abattre tous les deux avant de se tuer… Elle nous tenait en joue, le doigt sur la détente… Il suffisait de voir ses yeux pour comprendre qu'elle ne bluffait pas. À un moment elle a éclaté en sanglots. J'en ai profité pour tenter le tout pour le tout. Je me suis jeté sur elle en lui saisissant le poignet… Elle s'est reprise, a résisté. Nous nous sommes battus jusqu'à ce qu'un coup de feu claque. Elle s'est effondrée à mes pieds, tuée à bout portant d'une balle dans le cœur…

— Qu'as-tu fait ensuite ?

— Rien. Je me suis agenouillé près d'elle. Werbel s'est approché de nous en marchant comme un automate. Il s'est baissé à son tour et a pris l'arme de la main de sa femme. Il l'a braquée sur moi et m'a ordonné de porter Monique dans la chambre, de la poser sur le lit… J'ai cru qu'il allait m'exécuter, mais il s'est mis à hurler comme un dingue… Je suis parti… J'ai pris ma voiture, sans trop savoir où j'en étais… Je marchais au radar… C'est à ce moment que l'autre gars s'est fichu en travers de ma route…

Le lendemain matin je ne suis pas allé à l'usine. Je m'attendais à être arrêté d'une minute à l'autre… Puis on a appris la mort de Claude Werbel, son suicide… Et l'hypothèse retenue par la police selon laquelle c'était lui qui avait tué sa femme avant de se faire justice… Cela suffisait à me placer hors du coup…

Épilogue

Pierre Molier confirma sa déposition devant le juge d'instruction et fut inculpé d'homicide involontaire sur la personne de Monique Werbel et de coups et blessures à l'encontre de Jacques Diaz. Les premières déclarations de son avocat, gracieusement mis à sa disposition par la société Hotch, insistaient sur la notion de légitime défense.

À la mi-septembre Cadin reçut une note de la Direction de la Police Judiciaire l'informant qu'il était placé en congé spécial dans l'attente d'une nouvelle affectation.

Il occupa ses dernières journées à refaire les cartons dont il avait dispersé le contenu dans les placards de son appartement. Un matin d'octobre les déménageurs sonnèrent à sa porte. Ils vidèrent les pièces en moins d'une heure, à l'exception d'un sac de voyage dans lequel l'inspecteur avait entassé quelques effets personnels.

Cadin se tenait au milieu de la chambre vide. Le chat, que tout ce remue-ménage affolait, vint se frotter à ses jambes. Il se baissa et prit l'animal dans ses mains.

— Qu'est-ce qu'on va faire de toi ?

Le chat se contenta de pencher la tête, de fermer les yeux et de les rouvrir en ronronnant.

Cadin mit sa veste, prit son sac et, avant de partir, passa dans la salle de bains. La glace au-dessus du lavabo se couvrit d'un ultime message feutré destiné aux futurs locataires :

« Le chat s'appelle Chatka. »

Aubervilliers, oct. 85–janv. 86

Les poèmes de Mernadez sont librement inspirés des poésies de gendarmes publiées en 1978 par « L'Essor de la Gendarmerie ».

DU MÊME AUTEUR

Aux Éditions Gallimard

MEURTRES POUR MÉMOIRE, Grand Prix de la Littérature policière 1984 — Prix Paul Vaillant-Couturier, 1984 (Folio Policier n° 15)

LE GÉANT INACHEVÉ (Folio Policier n° 71), Prix 813 du Roman noir, 1983

LE DER DES DERS (Folio Policier n° 59)

MÉTROPOLICE (Folio Policier n° 86)

LE BOURREAU ET SON DOUBLE (Folio Policier n° 42)

LUMIÈRE NOIRE (Folio Policier n° 65)

Dans Page Blanche

À LOUER SANS COMMISSION

LA COULEUR DU NOIR

Aux Éditions Denoël

LA MORT N'OUBLIE PERSONNE (Folio Policier n° 60)

LE FACTEUR FATAL (Folio Policier n° 85) Prix populiste 1992

ZAPPING (Folio n° 2558) Prix Louis-Guilloux, 1993

EN MARGE (Folio n° 2765)

UN CHÂTEAU EN BOHÊME (Folio Policier n° 84)

MORT AU PREMIER TOUR (Folio Policier n° 34)

PASSAGES D'ENFER

Aux Éditions Manya

PLAY-BACK (Folio n° 2635) Prix Mystère de la Critique, 1986

Composition Infoprint.
Impression Bussière Camedan Imprimeries
à Saint-Amand (Cher), le 10 juillet 2002.
Dépôt légal : juillet 2002.
1er dépôt légal dans la collection : novembre 1998.
Numéro d'imprimeur : 023224/1.
ISBN 2-07-040762-4./Imprimé en France.

14340

Jeunesse

LE CHAT DE TIGALI (Syros)

LA PAPILLONNE DE TOUTES LES COULEURS (Flammarion)

LA PÉNICHE AUX ENFANTS (Grandir)